その先の道に消える

中村文則

朝日文庫

目次

その先の道に消える

すべての虚無に。

第一部

1

小さな渦に飲まれたことがある。

特別に、波が高かったわけでもなかった。重く身体《からだ》を引かれる感覚の後、僕の足は支えを失い、宙に浮くように沈んだ。渦はまだ幼かった僕の身体を巻き込みながら、無造作に、ゆっくり下へ降りた。

当然のことながら、この渦は大きな海の一部だと思った。その中で急に生まれたものが僕を飲み、どこかへ押し込もうとしているのだと。水が重たく喉を通り、吐こうとする僕の意志を無視して喉を通り、渦が体内に入っていくようだった。僕は近くの大人の善良な腕に支えられ、水面から顔を上げた。

「渦が」

僕はその見知らぬ大人に言ったが、彼は首を横に振るだけだった。まるで僕が、溺れた演技でもしていたように。愛情の薄い子供が、迷惑もかえりみず、周囲の大人の注意を引こうとしたかのように。見知らぬ大人からすると、その場所はあまりに浅かった。彼の腕は日焼けし、僕の目のすぐ前に、連なるように並んだ二つのホクロが見えた。

女性が消えている、と思った。渦に飲まれてる時、その最中に、女性の姿を見たように思ったのだった。いや、それはあの時、徐々に僕に湧いてきたイメージだろうか。海の真ん中で、波に揺られていた女性。波が無数の手のように、彼女の水着を引き剝がそうとしているのを、細く白い手で押さえようとしていた女性。そうしなければ、彼女は自分の身体を大勢の人間達に見られてしまう。女性の長い黒髪が水中で広がり揺れていた。動く海の青の中で、女性の身体は白く遠かった。その姿が消えていた。本当に見たのだろうか。自信がなくなっていく。僕は見知らぬ善良な腕に引かれ、海岸の砂浜へ連れられていた。

軽い立ちくらみで視界が揺れた。砂浜にはアイスやジュースを売る水色やピンクのカラフルな屋台が並び、海や空の色とそれらは調和して見えた。でもその風景が、少しずつ色のバランスを失っていく。風景が深く息を吐いたように思った。きみがいなければ、という風に。きみがいなければ、僕達は調和していられたのにという風に。

鑑識達が、絨毯《じゅうたん》の上に這いつくばっている。写真係のカメラのフラッシュ。フラッシュの光は強く、僕の目の裏に残像を痣《あざ》のようにつけていく。残像は赤や紫や青になり、視界にいつまでも留まり続けた。

「どうした。死体初めてじゃないだろ」

茫然としている僕に、市岡《いちおか》さんが言う。彼の声には、からかう響きがある。だから僕は今、笑う時だ。

「すみません」僕は言ったが、それだけでは足りない。「昨日市岡さんに飲まされた酒が、残ってるんですよ」

頭痛がする。またカメラのフラッシュ。僕はその光の連続から逃れたいと思っている。

あの渦と女性を、なぜ急に思い出したのだろう。いや、僕はわざと思い出したのかもしれない。数年に一度くらいの頻度で、記憶の奥が疼《うず》くように、時々あの光景を思い浮かべたくなるのかもしれない。たとえば去年、コンビニへ煙草を買いに行った夜。自分の視界の先のやや端に、少しだけ濃い暗がりがある気がした。なんだろう、と思った時、渦と女性のことを浮かべていた。その濃く見えた場所に近づいたが、何もなく、電気の消えた居酒屋の看板があっただけだった。もう秋なのに、看板の横の電信柱にセミがしがみつき、得られることのない樹液をいつまでも求めていた。

またフラッシュの光。鼓動が速くなる。いや、鼓動はずっと速かったのだ。この部屋に入った時から。

「顔見知りの犯行だね」

市岡さんがまた僕を見る。まだ留まる目の裏の色の残像が、彼の顔の半分を隠そうとする。

「鍵は開いてたけど、荒らされた形跡はない。……携帯電話がなくなってるのがちょっと面倒だけど。でも手帳に何枚か名刺がね」

「はい」

僕の声は、震えてないだろうか。

「さっき見ました」

被害者は吉川一成《よしかわかずなり》という男。この部屋の住人と見られる。足がくの字に深く曲がり、異臭の始まった死体はもうすでに運ばれてる。絨毯が三カ所削れているところの中央で、二匹の羽虫が求め合うように重なっている。

　手帳に挟まれていた、数少ない名刺の中の一つ。本当に麻衣子《まいこ》なんだろうか？なぜ麻衣子の名刺がこの男の手帳にあるのだろう？ベランダに干されたシャツやジーンズ。この、洗濯バサミを、神経質なほど使う独特の干し方。収納ラックの中の靴下、端を折り返して二つをまとめるのではなく、真ん中をきつく縛る独特で奇妙なやり方。冷蔵庫のバニラ・ヨーグルト、キャラメル味のハーゲンダッツ。ポットの隣にあったカモミール・ティー。彼女が好きなものばかりだ。彼女が聞いていた、かなり昔のJポップバンドのCDまで。麻衣子はこの部屋で、この男と住んでいた？僕を捨てた後に？そして死体？これではあまりにも――。

　色の痣の残像の向こうに、ベッドがある。二人寝れば、密着してしまう狭いベッド。麻衣子が、あの男と。あの死体の男が狭いベッドの上で、麻衣子の身体を這うように上っていく。鼓動がまた速くなる。部屋の端に、黒く小さな線がある。

「こっちは、まだ？」

　近くの鑑識に聞く。

「後でもう一度見ます。何か？」

「いや」

睫毛だった。マスカラがついている。この場に女性はいないから、この部屋に元々いた人物のものになる。恐らく職員の誰かの足カバーにつき、しばらく移動し、ここに落ちたのだろう。僕の足カバーかもしれない。その黒い線が、傷のように、風景のヒビのように見える。僕の生活に入ったヒビ。胸が騒いでいる。睫毛に近づく指が震えていく。つまんだ瞬間、手袋をしてるのに、指の皮膚の表面に違和感を覚えた。本来さわることのできない、抽象的な何かにふれたように。そのヒビをつまんだ僕の指が、迷いながらポケットに伸びていく。何をしようとしているのだろう。こんな証拠を今さら隠しても、もう大量の毛髪や指紋がすでに採取されている。隠す？　何を？　僕は睫毛をポケットに入れている。何をしてるのだろう？

「おい」

背後から声がした。違う。背後には誰もいない。市岡さんの声だ。隣の部屋で誰かに怒鳴っている。カメラのフラッシュでも目に入ったのだろうか。僕はポケットに入れた手を出す。煙草の箱をつかみながら。まるで誰かに、自分は煙草を取り出すため、ポケットに手を入れたのだと示すように。僕は部屋を出る。ちらばっていた週刊誌や保守系の雑誌に、足が当たる。

「富樫《とがし》、ん、煙草？」

「いいよもう終わるし」

「いえ違います」

廊下に出ようとする。無理だ、と僕は思う。せめて強盗に見せかけ、部屋を荒らしていれば。窓かドアでも開けていれば。

またフラッシュの光。渦、と僕は思う。何を考えているのだろう。疲れている。そうだ、今自分は、被害者の部屋にいる。そして、不真面目な捜査員のように、外で煙草を吸おうとしている。僕は今、そういう場面にいる。

玄関のドアを開け外に出ると、葉山《はやま》さんがいた。細い目。アパートの柵の前で、煙草を吸っている。

「……どうも」

葉山さんの横で煙草を吸うのを憂鬱に感じる。でも遅い。僕の手にある煙草を、葉山さんはもう見ている。

「……捜査一課の管理官、来てましたね。……でも、我々に任されるんじゃないかと、市岡さんが仰《おつしや》ってました」

葉山さんは無表情で僕を見る。時々瞬きをしながら。

「その、……簡単な事件だからと。所轄の事案に」

僕は笑顔で続けたが、笑顔で言うことでないのに気づく。身体が緊張していく。

数年前、看護師の女性が殺された時、彼が証拠が明らかな容疑者を逮捕せず、野放しにして精神を追い込み続けたという噂は本当だろうか？　葉山さんの下に自首してきたその男を、彼が追い返したというのも。男は犯行を葉山さんに自供しても罪を認められることがなく、そうであるのに、葉山さんに何度も呼び出され、その度看護師を殺害した男がいかに残酷か聞かされ続けた。宙吊りにされた罪。なぜその男は、葉山さん以外の刑事に、たとえば交番に直接行き自首しなかったのだろう？　男が首を吊ったというのは本当だろうか。

僕は葉山さんの視線に気づく。僕の指が震えている。自分の指なのに、彼の方が先に気づいている。でも葉山さんは何も言わない。元々は捜査一課にいたと聞いたことがある。彼は他人に興味がない。

「……同棲のカップルですね。長かったのでしょうか」

僕は取り繕うようにまた続ける。でも彼は眉をひそめ僕を見ていた。

「……男はあの部屋に長く住んでる。でも女が来たのは最近」

葉山さんがようやく口を開く。

「……そうですか？」

「女のものと思われるのは、あの中で全て新しい。……ためしに家具を持ち上げてみるといい。……男の趣味と女の趣味のやつでは、絨毯の傷つき方が違う。……移動した跡もある」

アパートの前の公園に、無数のゴミが落ちている。何かの祭の跡のように。祭の残骸。自分の人生には、何かの大きな祭もなかった。ただ日々の残骸だけが積み重なっていく。

葉山さんは公園に一度視線を向けると、車の方へ歩いていった。派手ではないが、趣味のいい高級そうなスーツ。だが彼の場合、そのような服装を楽しんでいる素振りがない。まるで憂鬱に服を着ているかのように。市岡さんが部屋から出てくる。葉山さんが帰るのを待っていたのかもしれない。

麻衣子が、と僕はもう一度思う。この事件はあまりに簡単過ぎる。社会に溢れる大抵の事件と同じように。こめかみを強く押されるような、酷《ひど》い頭痛がした。何て馬鹿なのだろう。不相応に刑事になった自分と、どちらが馬鹿だろう。

2

暗がりの角に、麻衣子のマンションがある。

不動産会社に問い合わせると、彼女はまだ入居していた。あの男とまだ同棲していたわけでないようだった。

会議の状況を思い出す。吉川一成が殺されていたのは二日前の十月四日、死亡推定時刻は午後九時から午後十一時頃。死因は頭部を鈍器のようなもので殴られたことによる脳挫傷。太ももに古傷があるが死因と関係はない。脳の損傷状態から即死でなく、男はしばらく意識があったとされていた。凶器の種類は不明。

グレーの味気ないマンションを見上げる。何気なく入ったクラブに麻衣子がいて、数度通い外で会うようになり、キスをした。でも彼女の部屋に初めて入った時、身体にふれようとした僕を彼女は拒否した。混乱したまま帰り、しかし次に会った時も、その次も彼女は拒否した。拒否されても会おうとしたのは、彼女が何かを、乗り越えようとしている様子だったから。彼女の過去に、何かあったのだと思っていた。拒否した後も彼女から連絡が来て、会おうと言われ、でも僕がふれると拒否するのだった。拒否する時、彼女はいつも涙ぐんだ。クラブの営業ではなかった。その頃彼女は休んでいた。

彼女の番号が突然変わってしまった後、僕は電話をかけ続けていた。正常な行為といえない。閉ざされ繋がらない番号に、繰り返しコールする。彼女へ続く新しい番号は、この世界にある膨大な数字の組み合わせの中に隠れていた。何度も彼女のマンションの前まで行き、チャイムを押さず帰った。執着していた。なぜだろう。

彼女の部屋番号を押す。ボタンにふれた指先に、微かに汗を感じた。これは捜査だからという言葉が、僕を励ます。僕は刑事であり、彼女は犯人ということになる。自分の口元に笑みが浮かんでいるのに気づく。

「はい」

麻衣子の声だった。息を飲む。記憶が、実際の声と混ざり合っていく。

「富樫です。……久しぶり」

僕は急いで言葉を続ける。

「いや、違う。これは捜査で来たから。……吉川一成という男、知ってるよね？」

「……え？」

「……ここを開けて」

長い沈黙の後、エントランスのオートロックが解除される。自動ドアが開く。僕が無理やりこじ開けたように。ドアは開きながら、通らない方がいいのではないかと、控えめな意見を僕に伝えているように感じた。

エレベーターに向かう。ボタンを押せば開くそれも、無理に開けたように思う。エレベーターのドアの遅い開き方も、躊躇《ちゅうちょ》を勧める控えめな態度に見える。照明が何かの細い影を床に落としている。エレベーターは上昇していく。なぜかそこからは、否応なく連れていかれるように。空気の密度が薄くなる。エレベーターを降り、狭い廊下を歩き彼女の部屋の前に立つ。鼓動が微かに速くなっていく。

麻衣子がドアを開けた。

長い髪が濡れている。背がやや高く、様子をうかがうような大きな目。奇麗だ、と思う。白いタンクトップの上に、ベージュのカーディガンを羽織っている。ピタリとした紫のスウェットを下にはいている。目線が胸元や、滑らかな腰や足にいく。あの死体の男が彼女を？　僕は場違いなことを思う。あの男が彼女を？

「……捜査？」

「忘れたの？　僕は刑事だよ」

取り繕うため僕は微笑《ほほえ》む。置かれた彼女のスニーカーの脇で靴を脱ぎ、部屋に入る。

狭いワンルーム。ベランダへ続く窓のカーテンは無地だった。僕は低いテーブルの前の絨毯に座る。彼女は僕の向かいに座った。できる限り、僕から距離を取る動き。彼女の背後にベッドがある。

彼女が怯《おび》えながら僕を見る。シャワーを浴びた後。無意識にか、カーディガンを身体に巻いた。胸の柔らかな膨らみを隠す仕草。細いのに肉感のある足が、ピタリとしたスウェットのせいでより滑らかに見える。

「吉川一成……。知ってるよね？　その男が死んだ」

「……どうして？」

彼女が小さな声で言う。

「きみの名刺があった。彼の手帳に」

「名刺？」

「きみが昔クラブで使ってた名刺だよ。きみはあの店で、下の名前だけど本名を名乗ってた。……僕も同じのを持ってる」

彼女が自分の濡れた髪にふれる。細い指で。考えをまとめているのに、上手くいかないように。

「あの部屋にはきみの好きなものが色々あったよ。洗濯物の畳み方や干し方の癖も全てきみと同じ。だから」

僕は彼女をじっと見る。

「きみの指紋があの部屋からたくさん出てくるはずだ」

彼女の表情が、懇願するように変わっていく。悲しげに、でも何とか、許して欲しいとでもいう風に。そうだ、と僕は思う。彼女は僕といる時から、よくこんな表情をした。彼女も気づいてない、彼女の内部の表情。その表情に僕は――。

「……私は逮捕されるの?」

「やったんだね」

「答えて。……私は逮捕されるの?」

「……まだきみは捜査対象なだけだよ。男の手帳やそこにあった名刺の人間達にあたってるだけ。きみへの聞き込みは僕がすることになってる」

カーディガンが少しはだけている。白く弱々しい首を見ながら、僕は口を開く。

「……でも上手くやれるかもって、……実はそう思ってるんだよ」

彼女が驚いた表情で僕を見る。もう彼女は言うだろう。僕は続ける。

「……何があったの？」

部屋が沈黙で覆われる。どうして、と僕は思う。どうして、僕はこうも彼女に惹かれるのだろう。どうして、彼女はこうにまで僕を引き寄せる女性なのだろう。以前より、僕は彼女に惹かれている。いや、まるで今初めて彼女に会ったかのように惹かれている。彼女がうつむき、顔を上げようとし、またうつむく。彼女が泣き始める。

「……出会った時は、優しかったの。……でも」

声が弱々しくなっていく。

「初めて部屋に行った時、突然変わったの」

僕は彼女を眺め続ける。

「私は、その……、覚悟もなくて、でも、何もしないって、何度も言うから、すごく真剣な顔で、何度も言うから、部屋に行ったの。……なのに、彼は突然襲い掛かってきたの。私は怖くなって、抵抗して、でも、……縛られてしまった。終わると、でもまた優しくなった。……私を縛ったままだったけど、何事もなかったように笑って、ごめんねって言われて、頭を撫でられて……。好きなものを聞かれたから、怖くて、私は何か言って、そんなことはどうでもいいと思いながら言って、……そうしたら、彼は私を縛ったまま、アイスとか、そんなのを買ってきて……。食べてって言われて、食べて、そしてまた私を襲って……」

「……どんな風に？」

「……え？」

「どんな風に彼はきみを？」

聞くべきでない。でもやめることができない。

「手を、縛って、動けない私を……」

「具体的に」

「その、すごく、……激しく。……こんな風に」

彼女が両腕のカーディガンの袖を少しまくる。赤紫に変色している。手首を縛られた痕。彼女は続けて、控えめにタンクトップの裾をまくった。それほど濃くはないが、やや赤くなっている箇所がある。何かで打《う》たれたのかもしれない。僕はその痕に嫉妬し、大きく息を吸う。自分で聞いたのに、話を変えなければならない。

「……どうやって殺した？」

「ほどいてもらって、私は逃げようとして、……また縛られて」

「うん」

「彼は、可哀想にって、私のことを言いながら縛るの。……可哀想にって言いながら、興奮していくみたいで……。もうほどいてもらえないと思ったから、思ったから」

「思ったから？」

彼女が鼻をすする。彼女の指先が涙で酷く濡れている。

「色んなこと、させてくださいって。彼が……喜びそうなことを。そしてほどいてもらって、今度は、信用してもらうために、家事とかもやって。……でも彼はずっと部屋にいたから」

「どのくらい彼の部屋に？　女性が選ぶ家具があった」

「多分、……二週間くらい。そんなに長くはないの。あの部屋には、うん、女性のものがあった。前にも、私のような女性がいたと言ってた。……あの人は……、すごく、怖い人だった。……ずっと部屋にいた彼が、また出かけなければならなくなって、それでまた縛られそうになった時……、彼の部屋にあった置物で」

彼女が下を向く。

「よくわからない、何か、置物みたいなものがあって、それが、ほら、ほらって、言ってるような気がして、……何だか、よく前が見えなくなって、気がついたら、彼が倒れてて、血が、すごくて、血が」

彼女の声が大きくなる。

「でも、彼は、まだ生きてるかもしれない。生きてるかもしれないから、またここに来るかもしれない。私は」

「彼は死んだよ。大丈夫」

僕は彼女に近づき抱き寄せる。テーブルに大量の錠剤がある。僕も見覚えのある、ソラナックス。抗不安薬。よく見ると、部屋は放置されて散らかっている。彼女の身体の柔らかさと体温が腕に広がる。彼女に同情すればするほど、僕は彼女をそのまま求めたくなっていた。

きみが、と言いかけてやめる。きみが、彼の何かを誘発したんじゃないかとは言わない。きみがそんな風だからとも言わない。僕は今、きみがこんなにも可哀想だと思うのに、思うのに彼と同じようにきみを扱いたくなるとも言わない。

「携帯電話はきみが？」

「怖くて、私が」

「それが問題なんだけど、どこにある」

「彼のじゃないの」

「え？」

「彼は、色々と、よくない仕事をしてたから、他の人の名義のものを、使ってたの」

鼓動が速くなる。それならいけるかもしれない。吉川一成の名前で電話会社に問い合わせても、そんな契約者はいないことになる。通話記録なども調べることはできない。

「他に何かまずいことは？」

「……彼の手帳を持ってきてた。でも、名刺があったなんて、私は」

「つまり、きみが持ってきた手帳は彼の新しいもの」

「……うん」

現場に残されていた手帳にも、彼女について何も書かれていない。名刺があっただけだ。それなら――。

「僕はきみを助けられる」

僕は言う。彼女の目の奥にある怯えを見ながら。その壊したくなる怯えを見ながら。

彼女も僕を見る。泣き疲れた目はまだ濡れている。でも僕は彼女から身体を離す。今抱いてはいけない、と僕は思う。今抱けば、僕はあの殺された男と同じになってしまう。僕が求めているのは――。

僕が求めているのは、何だろう？

彼女の部屋を出て、僕はホテルの部屋を取った。数分待つと、部屋に女性が来る。強い香水をつけた、中国人の女性。薄暗い部屋に招き入れる。部屋が香水の匂いで覆われる。世界の全てを性によって侮蔑するような、下品な香り。僕の好きな香り。

「警察だけど。……就学ビザなのに、こんなことしてるね。手を出して」

僕は続ける。

「逃げては駄目。すぐ捕まる。……言う通りにすれば見逃すこともできる。きみは来週国に帰るんだろう？」

女性が日本語で何か言い、中国語で何か言い、不審そうに、でも選択肢がなく結局指紋用紙に指や手を押す。女性の姿は暗がりでシルエットしかほとんど見えない。

〝情報者〟に頼み、彼のツテを使い女性を用意させていた。前科がなく、就学ビザで外国から日本に来て売春をし、短期間で稼ぎ帰るような女性。できれば、来週にはもう帰る予定の女性。

この指紋と掌紋を渡せば、と僕は思う。これを代わりに捜査本部に提出すれば、麻衣子の線は消える。

3

会議での捜査報告。ホワイトボードに、いくつかの照明の光が丸く反射している。なぜか気になってならない。光は重なり合い、それぞれがぼやけながら楕円に膨張していく。

桐田《きりた》麻衣子は、勤務先のクラブに客として来た吉川一成に会う。しかし名刺を渡しただけの関係。その後彼女は店も辞め会っていない。事件当日は家にいた。僕のシンプルな嘘は、捜査員達の興味を引かなかった。

「……部屋の契約者ですが」

ベテランの戸塚《とづか》さんが報告を始める。でもその内容を、僕は戸塚さんから直接聞き知っていた。さっきから、僕はそのことばかり考えている。ホワイトボードの反射の光は、まだ膨張していくように見える。僕の気を引き、思考を邪魔するみたいに。

「伊藤亜美《いとうあみ》となっています。吉川と同棲していた女と思われます。写真は……」

写真立ての中にあった、吉川と伊藤が写っている写真。麻衣子が吉川と会う前の、吉川の同棲者。美人だ、と僕は思う。麻衣子より背が低く、長く黒い髪が目を引く。

「しかし彼女は……、行方がわかりません」

彼女は近所のエステの店員を辞めた後から、足取りが消えている。この女性が見つかっては少しまずい、と僕は思う。吉川と麻衣子が会う前にその関係が完全に切れてたならいいが、そうでなければ、麻衣子の存在を知っている可能性がある。でも、僕は多分伊藤亜美の居場所がわかる。会議の話題が彼女に集まる中、脈拍の速度が少しずつ上がっていく。麻衣子が現場から持ち去った吉川の携帯電話、そして手帳にもその名前が。

吉川の関係者への聞き込みは上手くいっていない。彼が孤独だったのもあるが、現代の犯罪では、携帯電話とパソコンの履歴を調べられないと難しい。

彼はパソコンを所持していない。そして携帯電話は僕が持っている。

警察側からすると、吉川へ続く線は二つ。一つはこの元同棲相手の伊藤亜美。そしてもう一つが――。

「富樫、一緒に来るか？」

会議が終わり、市岡さんが言う。今日の報告を最初にしたのは彼だった。吉川が所持していた名刺の一つ、その店で彼は一度働いたことがあるという。吉川へ続く、もう一つの貴重な線だった。

僕は返事をし、立ち上がる。向かいから鑑識の男が歩いてくる。彼はまだ若く、配属されたばかりで名前が思い出せない。僕はバッグから指紋用紙を出す。僕が入れ替え、麻衣子のものとした指紋と掌紋。現場に残されたものとの照合が終われば、通常役目を終える。一致するはずがない。少なくともうちでは、こういう余計な指紋まで、手間をかけてデータベースに照合も登録もしない。

「これ、桐田……、麻衣子の指紋と掌紋」

僕は彼に、そう言って差し出す。麻衣子の名前がすぐ、出なかった余計な演技まで加えながら。嘘をつく人間は、無駄な嘘まで意識の奥でざわめく。それぞれに発芽した嘘が、僕から独立し、自ら表に出ようと騒ぐように。僕はそれらの一つを口に出すことで実現し、その嘘そのものに媚びた風な感覚を覚える。紙をつまんだ指先から肩に、わずかに力が入っていた。まだ間に合う、と言葉が浮かんだ時、彼が僕から紙を受け取る。それは何気ない警察の日常だが、自分だけが異なる場にいるように思う。この部屋にある全てのもの、椅子やテーブルや壁などが自分を見ているように。僕の逸脱を手にした彼が離れていく。痩せた肩をだらりと下げながら。もう取り返しがつかない。

額や首が汗で湿っていく。でも渡す時、自分がわざとまだ間に合うと言葉を浮かべた気がした。元々引き返すつもりなどないのに。この場面では、そう思うのが自然というだけの理由で。ホワイトボードの光がまた気になり始め、目を逸らした。

車を駐車場に停め、繁華街の奥まった路地を歩く。通行人に、汗をかいた黒人の客引き達が陽気に声をかけ続けている。紫や青のネオンがまともに目に入る。

「葉山は、会議に出ず被害者の部屋に寄ってたみたいだ」

歩きながら市岡さんが言う。

「家具の置き方がおかしいらしい。テレビとか、何かそんなことを」

「……家具？」

続けて彼は、葉山は何をしてるんだ、とは言わないし、僕も言わない。葉山さんは無駄なことをしない。彼のやることは全て意味がある。

「……ここかな」

ハプニングバー。吉川は、ここで一度ショウをしたことがあるようだ。女性を縄で縛るパフォーマンス。緊縛師。

細く長い階段を地下へ降りる。木のドアを開け、続けて鉄のトビラを開けた。ベース音の強い、トランス系の音楽。無数のピアスで顔を破壊した男に手帳を見せる。オーナーを呼び出す。

まばらな客。小さな舞台の上、ブラックライトで黄色に光る縄で、人間が吊るされている。全身を、顔まで黒のタイツで包まれた女。その横で、黒いレザー服を着た男が女性を緩く回している。

「……本当は、本物を見せたいのですけどね」

言いながら男が来る。これがオーナーだろう。四十代くらいの細身の男。笑みを浮かべている。

「……本物？」思わず僕が聞く。

「ええ。これはショウに過ぎません。次に女性をどう縛るか、それによって女性がどう反応するかまで大体決まってる。……音楽のタイミングとか」

「へえ」市岡さんが相槌をうつ。興味のない声で。でも男は僕を見つめている。精神科で働くスタッフが、脱走した患者を発見したように。

「……本当の緊縛はこんなものではありません。縄師も女の子も、まあ割り切って楽しんでますけどね。……こういう方が受けがいいから。もちろんこういう系統でも、もっと鮮やかで見惚れるほど美しい、エンターテインメントとしての本物もありますが」

男が僕達に階段を上らせる。ロフトのようなスペースがあり、上からもショウを観れるようになっている。壁のスピーカーより上にあるので比較的静かだった。テーブルがあるが誰もいない。

「この男で間違いないですか？」

市岡さんが写真を見せる。伊藤亜美と写る吉川の顔はややぼやけてるので、死体の写真と一緒に。髪の短い吉川の顔は額まで剝き出しになっている。でも男はこういう店をやっているせいか、その死体に驚いた様子がない。眼鏡の奥の細い目は、少しも動かない。

「……ええ、そうですね」

この男が吉川に詳しいと、少し厄介かもしれない。市岡さんが横にいる。彼が何を言うか止めることができない。

「昔やってたから、何か仕事をくれと言ってきました。女性を縛るショウをする仕事。ちょうど予定してた縄師の都合が悪くて、困ってた時でしたので技を見せてもらいましたよ。……素人にやらせるわけにいきませんから。確かに、技術はしっかりしていた。だから安全で無難なショウだけ短くやってもらいました。……でも一度だけですね。彼には才能が感じられなかった」

黒のタイツの女性。個性は消され、ただ女性がどういう身体をしているのか、その輪郭だけが浮かび上がっている。タイツの上からでもわかる柔らかな肉を、光る縄がさらに絞めつけていく。縄師の指は速い。指に縄を絡め、なぞるように、女性の身体に縄を当てていく。

「緊縛は女性と縄師のコミュニケーションですから。勘違いしてる人が多いのですが、基本的には、女性が縛って欲しいところを感じて縄師が縛っていく。責め縄をしなければ痛みもない。緊縛とは、ある意味女性を強く抱きしめることですから。……縄師がただ縛りたいようにすれば、それはオブジェになりあまり意味をなさない。だから本来縄師は奉仕する脇役に過ぎない。……でももう少し正確なことを言うと」

男が、何気なく下のステージを見下ろす。男の薄い眼鏡に、青のレーザーライトが反射している。

「縄師は女性が縛って欲しいところ、次に縛られるだろうと予感しているところの、少し先をいって女性に驚きを与えなければなりません。……女性に驚きを与え、安堵の外、浮遊感の中にいてもらわなければいけない。でもその驚きがあまり女性から離れてしまうとエゴになってしまう。……彼には、それを感じ取る才能がなかった。もちろん、これは男女逆でも同じです」

「……ふうん」

市岡さんがまた気のない相槌をうつ。相手に軽蔑を与える態度。でも男は僕に目を向けてくる。見込みのある客に対するセールスマンのように。麻衣子の身体の縛られた痕。麻衣子の美しい肌が細い縄で優しく縛られ、動けない彼女が身体をいじられながら切なげに誰かを見つめている。こうされることで、感じてしまう自分が恥ずかしいという風に。しかもそんな自分を意識することで、相手の狂気をもっと挑発するように。想像を消そうとするが上手くいかない。吉川は才能がなかったと聞き、微かに安堵する自分に気づく。

「でも、彼はおかしなことを言ってました。縄に促されてると。女性の欲求から、自分の欲求から離れて、麻の縄そのものの欲求を叶えてるみたいだと。……しかしそんな形而上学的なことより、Mの女性は即物的な愛を求めます。だから彼は向いてなかった」

「……彼の交遊関係は」市岡さんが話を逸らす。

「……わからないですね。一度だけでしたから。才能がなかったから、女性からアプローチがあったとも思えない」

「この女性は?」

市岡さんが伊藤亜美の写真に指を向ける。

「見たことはない、かな……。この業界にいると、こういう職種の人間の顔は大体知ってるつもりですが。……あの、この吉川さんはどういう殺され方を?」

「頭を、鈍器で」

「気の毒ですね」男が素っ気なく続ける。「縄師なら、殺されるのだとしたら、最後は縄で死ぬ方がよかった。これまでの業の帰結として相応《ふさわ》しい。そういう意味で、これは残酷で無造作な殺され方ですね。彼は用が済んだのかもしれない」

「用が済んだ?」

思わず僕はそう聞く。声の響きに何か感じたのか、男が微かに驚く。

「ええ。彼は才能がなかった。もう彼からは何も出ない。だから女性からすれば、用が済んだということです」

犯人像に話の流れがいってはいけない。逸らそうとした時、彼の意見を聞きたくないのか、市岡さんが話を切り上げ客達に聞き込みに向かう。僕も階段を降りようとした時、男が静かに言う。

「あの刑事さんは私が、というか私達が嫌いなようだ。自分は性に清らかだとでも思ってるのでしょう」

「すみません。悪気はないんです」

ステージでは、吊られた黒タイツの女性が音楽に合わせ回っている。確かに、これではポップ過ぎてそれほど何も感じない。

「家で子供を抱きしめる前に、風俗で自分の男性器を知らない女性にしゃぶらせたりしてるだろうに。そんな性の卑小などうしようもなさに、彼は恐らく無自覚なんでしょう。……恐らく、こういうタイプじゃないでしょうか。性欲にかられ自ら風俗に来たのに、そんなに来る気はなかったかのような態度をしながら、でもやることは全てやり、挙句にそこで働く女性に説教までするような。あくまで自分は清らかか……。私は、そういう人間が一番治った方がいいと思いますよ。あからさまな性に、いちいち過剰に拒否反応する人間ほど無意識では強欲なものです。精神分析で言われるところの、典型的な反動形成。そしてそういうＰＴＡ的正義を振りかざす保守的な人間達には、差別主義者と戦争主義者が多い。……性をタブー視する風潮が、実は抑圧を生んで男も女も苦しめるのですよ。抑圧は最終的には攻撃にも転じる。彼も少しでいいから変わって欲しい」

堅物なだけですよ、と僕は言わない。彼は自分の範囲の外のことに想像力が働かないだけだとも。そもそも市岡さんは独身だった。差別主義的傾向はあるかもしれないが、男の言う戦争主義者という意味はよくわからない。

男は冷静なように見えていたが、市岡さんの態度に傷ついたらしい。僕は微笑む。今から彼が言うことは予想できる。でもあなたは違う。今度本格的なショウがある。観に来ませんか。警察の方とは仲良くしたい。風俗系の店の人間は、相手を選び、警察関係者を誘うことがある。暴力団が、相手を選び警察に近づくように。この仕事は闇のそばにある。

縄が足の間を通った時、ステージの女性が微かに身体を震わせた。無個性だった彼女の、タイツの奥の素顔が気になり始める。縄がタイツ越しに足の付け根で緩くこすれる度に、彼女は恥ずかしそうに足を閉じようとするが上手くいかない。何人もの人間がその姿を見つめている。その視線達も取り込むように、彼女の呼吸が乱れ始めるのが胸部の動きでわかる。これも打ち合わせ通りなのだろうか。

僕はさっきから気になっていることを聞く。気づかれないように、意識的に息を大きく吸う。

「……この女性を知ってますか」

麻衣子の写真を彼に見せる。彼女が、もし様々な男に縛られていたのだとしたら。

「知らないですね。……ただ」

男が麻衣子の写真をじっと見る。

「……この女性は危ない」

4

ゲートの錆ついた駐車場で車にもたれ、煙草に火をつける。壁についた外灯の上に、鳩を避けるための杭が無数に取りつけられている。辺りはもう暗い。

ここは他署の管轄だから、派手なことはできない。僕は目の前の細過ぎる雑居ビルを眺める。恐らく、この六階の風俗店で伊藤亜美は働いている。

でも僕は、違う期待をしている。もし吉川が伊藤亜美を殺害していたとしたら。吉川は暴力的。ない話ではない。

それならば、逆に伊藤亜美が吉川を殺害し、その後彼女が自殺したシナリオも書ける。死体が二つあれば、そうやって加害者と被害者を上手く逆にできれば、この事件は終わる。そうでなくても、彼女が麻衣子を知らなければそれでいい。

この場所で出入口を見張って三時間が経つ。でも、これからどうすればいいかわからない。やることを先延ばしするために、今こうやっているように思う。地面を歩く何羽もの鳩達が、なぜかその無表情の目で僕をじっと見ていた。

車に戻り、後一時間待とうと決めた時、伊藤亜美が雑居ビルから出てきた。やはりいた、と思う。写真より若く見える。身体がこわばっていく。

麻衣子よりやや背が低く、青いワンピースを着ている。まるで僕を鎮めるような青。でも動揺を抑えることができない。車から降り、彼女の後をつける。どうすればいいかまだわからない状況なのに、自分のどこかが遊離していくように思う。彼女に性的な魅力を覚えている。さっきまで客の男に、どんなことをされていたのだろう。彼女も、吉川に縛られていたのだろうか。彼女を見過ぎてる自分に気づく。麻衣子への欲望が、彼女に代替していくように。一本の細い枝が道路側に垂れ下がっている。風で不規則に揺れるそのリズムを見ながら、僕の一部が軽くなっていく。なぜか、少し陽気になっていく。彼女を殺すこともできるんじゃないか？　そう思っていた。鼓動は速くなっていくのに、なぜかその動悸を大したことと思えない。

彼女が角を左に曲がったので、僕も曲がる。自分の手の中に、彼女の全存在があるような錯覚。服を脱がされた彼女を、ゆっくり縛っていく。キリキリ、キリキリと、縄が彼女の肌を優しく絞めていく。身体が汗で濡れていく。彼女が恥ずかしそうに、切なげに僕を見る。こういうことが好きなの？　僕は囁く。驚いたよ、こうされた方がいいの？　それとも、こうされた方が？　彼女の頭を優しく撫でながらキスをし、首に巻いた縄を絞めていく。こうされるのが好きなの？　でもこのまま死んでしまえば、まるできみは自殺したみたいだね。笑みを浮かべ、想像を払う。僕にそんな度胸はない。でも鼓動は治まる気配がない。

彼女が不意に怯えた様子で手を上げ、やってきたタクシーに乗り込む。僕の愚かな狂気から逃げるように。ナンバーを確認しようとするが、急に入った信号の光が目に残像を残し、その数字の一部を紫に隠す。続けて来たタクシーに手を上げるが人がいる。どこかのカップル。痩せた運転手が目で無理だと合図する。どこかに行くのか、どこかから帰るのか、彼らの関係ない意志が僕の狂気を遮断したと思う。もうタクシーは来ない。

でも、これで手帳に書かれていた住所に、彼女がいる可能性が高くなった。住所が吉川と住む前のものか後のものか不明だったが、ここで彼女を見たのだから新しいものらしい。別れた女の新しい住所を知り、吉川はどういう気持ちで記し、何をするつもりだったのだろう。書き殴られたような字の形を思い出していた。伊藤亜美の名前と店と、住所だけが記されたメモ帳のような手帳。他署の管轄とはいえ、野放しにするわけにいかない。何か理由をつけ麻衣子の存在を知っているか聞くこともできるが、僕がするのはまずい。誰かに頼むしかないだろうか。

近くのカフェに入る。僕は何かをやる前、いつも時間がいる。さっき缶コーヒーを飲んだばかりなのに、緊張する身体が、ニコチンとカフェインと一時の中断を要求する。

窓の外で、道路脇に並んだ木々が矯正のため縛られている。これ以上道路側にいかないように。さらなる光を求め伸びた木は不満だろうか。喜んでるかもしれない。光などいらないと。こんなところに立つのなら、もう枯れた方がましという風に。

携帯電話が震える。

――困ったことになった。

市岡さんだった。声が低い。

――吉川一成は……、存在しないらしい。

「……は？」

鼓動が乱れていく。

――彼が所持していた運転免許証の住所はあのアパートじゃなく、宮崎県だったよな。調べに行った石井《いしい》から報告があって、その住所が、二十年前から駐車場というんだ。その前は公園。自治体で調べてもらうと、そんな人間がいた形跡もないという。同姓同名が何人かいたが年齢層が全然違う。

「つまり……」

――彼の運転免許証はデタラメの偽造。俺達は、あいつが本当は誰かもこれでわからなくなった。

どういうことだろう。考えがまとまらない。

――このままでは捜査が長引く。……捜査一課の案件になる。

電話を持つ手の力が抜けていく。我々所轄の警察署の案件に、中央の捜査一課が介入する。それはまずい。捜査一課が乗り込んで来れば、僕のやった細工が――。

電話を切り、タクシーを拾い伊藤亜美の住所に向かう。自分の車があると気づいたが、もう遅かった。覚悟もないのに、なぜ向かってるのだろう。論理的に全てを解決する方法は、恐らくこうだろうと思っていた。伊藤亜美を犯人に仕立て、自殺に見せかけ殺すこと。一課が介入する前に、この事件を終わらせること。

でも僕はそんなことはできない。できないのに、考えている自分が可笑しくなる。

行けばわかるんじゃないか？　気分が高揚していく。どうしたのだろう、身体がまた軽くなっていく。覚悟は脇に置いたまま、自分のやるべきことを一つ一つやっていけたとしたら――。

伊藤亜美のアパートは酷く古かった。離れた場所でタクシーを降り、歩いて向かう。なぜ途中で降りたのかわからなかった。何となく、ここで降ろしてくれと、運転手に言ってみたかったのだった。小銭はすぐ出せたのに、なぜか中々見つからない演技までして。

身体が少し浮く感じで、上手く歩けない。何でもできるような気がしていた。何かをする場所を、誰かが用意してくれたように。周囲に誰の姿もない。まるで、僕に何かをする場所を、誰かが用意してくれたように。裏に回り、窓に近づく。呼吸が苦しくなるほど脈拍が乱れてるのに、全てが大したことでないように思えてくる。窓は閉まってるが鍵が開いている。

少し見るだけならいいはずだった。何も特別なことじゃないし、それ以上何もしない。いや、窓からこの部屋に侵入し、彼女を待てるのでは？　胸を強く打たれたようになり、視界が狭くなっていく。女が倒れている。

どういうことだろう？　さっき見たのは伊藤亜美のはずだった。

意味がわからないが、彼女が自殺してるならそれでいい。殺されてるなら、自殺に見せかければいい。全て終わる。動揺する僕を眺める、もう一人の自分がいるように思う。何でもできる。全然大したことじゃない。もう僕は踏み外してる。今さら怯えてどうなるというのだろう？　もし彼女が死にかけてるならとどめをさしてあげてもいい。

頭がさらに軽く、解放された気分になる。玄関の方に回る。やはり人の姿はない。僕の行為の邪魔を避けるため、なぜかアパートの住人達が申し合わせているように感じる。今人生を踏み外そうとしてる人間がいるのか？　それは面白い、出かけたかったけど待ってあげるかという風に。ドアが開いてればいい、と思う。でも、指紋がついてしまう。爪を立てて回してみれば？　喜びが広がっていく。そうだ、ほら、ここ、ノブの先が線のような溝になっている。何て幸運だろう。僕の爪は今少し長めになっている！　ここに爪を差し込んで回せばいい。僕は頭がいい。しかも冷静だ。ノブに手を近づけ、不意に恐怖を覚える。ノブの溝に爪を立てる？　何をしてるのだろう？　僕は刑事だから手袋があるじゃないか。

落ち着かなければならない。指紋を気にしたならまだ大丈夫のはずだった。ポケットから薄いゴムの手袋を出す。指が震えている。大きく息を吸い、周囲を見るが誰もいない。開いてる、と思った時、また心臓をつかまれるような刺激を感じた。

ドアを開け身体を入れて閉める。もう誰にも見られない。これからの時間には、他者の視線が完全にない。僕が何をしようと、ここは世界から隠れている。

彼女が生きていたら、どうすればいいだろうか。自殺に見せかけるには、いや、というか、何で僕はここにいるのだろう？　でも駄目だ。もう状況に入ってしまっている。死体を見よう。死体を見てから考えよう。キッチンから部屋に続くドアを開ける。僕は吐き気をこらえる。この場で嘔吐してはいけない。それだけは絶対にいけない。

知らない男だった。水浸しになった、髪が長く身体の細い男の死体。伊藤亜美じゃない。水が畳から床にまで広がっている。海、と不意に思う。僕が昔溺れかけた海。何をすればいい？　駄目だ。僕は今冷静じゃない。自分の痕跡をここに、残すべきじゃない。

繁華街を歩き、また吐き気を覚え、溝に吐く。そういえば何も食べていない。コーヒー以外何も出ない。なぜか、致命的な何かを逃した感覚に覆われていた。歩く僕を、占い師が凝視している。路地で商売をする幸《さち》の感じられない占い師。僕は怒りを覚える。占い師に近づく。老人だった。なぜかその目と、さっきの鳩達の無表情の目が重なっていく。

「何だよ」

僕はそう聞く。でも占い師は僕を凝視し続ける。

「何か見えるのか？　ええ？　俺に何か見えるとでも？」

老人は怯えている。僕は何をしてるんだろう。首を振り、老人に謝罪する。金を出そうとしたが受け取ろうとしない。僕は歩いた。

どういうことだろう。考えがまとまらない。さっきから、海の記憶ばかり浮かんでいた。溺れ、見知らぬ男に助けられ、砂浜に連れられていく記憶。全てが調和していたのに、僕の存在によってそれが崩れた記憶。

でもこれには、続きがあるのだった。なるべく思い出さないようにしていた続き。僕はこの続きを未だに理解できていない。本当にあったことかもわからない。見知らぬ男は砂浜で僕の手を引く。辺りにはコンビニのビニール袋が散乱し、僕はなぜかそこで爪切りを見る。こちらに入ろうとしている、別の男の姿が柵の向こうに見える。そして手を引く男が急に振り返り、僕に言うのだった。状況と合わない不可解な言葉を。耳元に口を近づけ、虫でも払うように。

「……人殺し」

5

小さな少女がいる。うずくまり、髪を濡らしたまま震えている。僕は気の毒になりその痩せた背に近づく。誰かが抱いてやらなければ。肩を抱きよせると、少女は僕にしがみついた。

「もう心配ない。……何があったの？」

——私はあなたの神経症みたいなもの。

少女のしがみつく腕の力が強くなる。少女は美しい。口を真っ直ぐ閉じ、どこかを凝視し顔の筋肉を痙攣させている。美しい。

——大事にしてね。絶対に離さないで。

「うん。離さない」

僕は言う。とても優しく。

――他の人間の言うことは聞いたら駄目。

「聞かない」

僕は震える少女の身体を抱き締める。愛おしい。こんなに震えてるなんて。

――私はあなたを離さない。絶対に離さない。他の人間の言うことは聞かないで。

少女の声が囁くようになる。僕と彼女だけの秘密。

――特に白衣を着た医者の言うことは聞いちゃ駄目。彼らを絶望させるの。自分の無力さに打ちのめされた医者達に私達は勝利する。ほらね、ほら！　治せなかっただろうって。

目が覚める。僕は何か声を上げたように思う。鼓動が痛いほど速い。熱のこもる車内の空気を、不快に感じる。あれから眠れず早朝の会議に出、署の駐車場で車に乗りドアを閉めた時だった。不意に睡魔を覚えた。午前十時。時間はほとんど経ってない。僕は一、二分しか眠っていない。

水を求め車を出る。署内に戻り、自動販売機で買い一気に飲む。鼓動はまだ治まらない。頭痛を感じながら、外に出て煙草に火をつける。

会議の内容を思い出す。捜査は伊藤亜美に集中している。彼女の居場所さえわかれば、この事件は解決するという風に。考えがまとまらない。あの死体は何だ？　僕は思い続ける。伊藤亜美が殺した？　なぜ？　彼女は死体がある部屋で生活を？　いずれにしろ、彼女の居場所が発覚するのは時間の問題だった。彼女が捕まり部屋に死体がある。なら吉川一成を殺したのも彼女と思われる。麻衣子の罪を着せられる。

でもそれは許されない。誰かが罪を被るより、うやむやになるのが望ましい。あまり世間に認知されてないが、実は未解決事件など山ほどある。

伊藤亜美との接触。今やるべきはそれだった。彼女が殺したと思われるあの男の死体を、彼女と協力し自殺に見せかける。そしてその死体を吉川を殺した犯人に仕立て上げる。もし死体を上手く細工できなければ、彼女に逃亡してもらう。僕はそういうツテを知らないわけでない。彼女は男の殺人で捕まらなくて済み、吉川の事件もうやむやになる。全てが上手くいく。

不意に不快な印象が脳裏をよぎる。何だろう。寝ていた時、何か夢を見た気がする。思い出せない。

「富樫」

顔を上げると葉山さんがいた。鼓動が再び速くなっていく。

「葉山さん……いつから」

「ん？　ずっといたが」

そう言い、僕の煙草を見ている。瞬きをしながら。彼の手首から、微かにクリスタルのような数珠《じゅず》が見える。

「すみません。……いや、少し睡眠が足りないのかもしれません」

「……無理もないよ」

葉山さんが煙草に火をつける。さっきまで吸っていたはず。僕と話す気でいる。なぜか僕の足元を見ている。

「……伊藤亜美が捕まれば」

僕はこの場に相応しい会話を探す。

「全てわかりそうですね。……吉川が偽名の理由も」

「いや」葉山さんが無表情で言う。

「お前あの部屋の女の服見たか」

胸が騒いでいく。

「……ええ」

「同棲してたわりに少ない」

気づかれないように、深く息を吸う。頭の中で反論を組み立てる。逃げる時に持って行ったのでは？　でも反論はそもそもおかしい。彼を説得する行為は怪しい。

「……確かにそうですね」

葉山さんが僕の表情を見ている。気のせいだろうか。この威圧感は何だろう。

「逃げる時に持って行ったとも思うが、残ってたのはブランドもの。……あのアパートに不釣合い。残していくかな。吉川からもらっていらなかった、なら有り得るが」

「……確かに」

自分の指が震えていないのを確認する。

「まるで短期間、女がそこにいるために用意したような数。あと伊藤亜美は」

言葉を聞きながら、僕は深く息を吸い続ける。

「写真見たろ？　どうもあの服は彼女向きじゃない。彼女を捕まえたとしても」葉山さんが煙草に口をつける。煙が流れていく。

「彼女のサイズにすら合わないはずだ」

あの服は吉川が麻衣子の監禁のために買ったもの。僕も不安に思っていたことだった。でもまだこれは葉山さんの推測に過ぎない。

「桐田麻衣子は？」

「え？」

「桐田麻衣子はどんな女だった？」

鼓動が強く音を立てた。僕は思わず葉山さんを見ようとする自分に気づき、身体の力を意識して抜く。どういうことだろう？　なぜここで麻衣子の名前が？

「普通でしたよ。化粧すれば美人かもしれません」

僕はわざと、男が普段言いそうなことを言う。

「服は」

「スウェットにベージュのカーディガン。……部屋着でしたから」

「そうか」

「……何か？」

鼓動がずっと速い。僕のこの聞き方は自然だったろうか。

「彼女の名刺」

「名刺？」

「指紋が判別できた名刺はそもそも少なかったし、出てきた指紋はどれも部屋の指紋と一致しない。彼女のも指紋の判別はできなかった。でも皮脂の付き方が」

そうだ。彼女の名刺からは指紋が出なかった。だから僕は別の指紋を渡すことができたのだ。皮脂？　皮脂がどうしたというのだろう？

「名刺には最低でも、両面を一つとして三つの場所に皮脂が付く。普通は四つ以上。両手で渡し、両手で受け取る。もしくは両手で渡し、相手がぞんざいなら片手で受け取る。あれはクラブの名刺だろ？　渡す方は普通両手だよ。でもあの名刺には皮脂が二ヵ所にしかない。右端と左端」

考えがまとまらない。

「まるで片手で渡し、片手で受け取ったみたいにね。クラブの名刺なのに随分親しい渡し方じゃないか？　少し変だ」

客で来た吉川に、麻衣子が片手で名刺を？　そんなわけはない。吉川は客じゃなかったのか？

「彼女、アリバイは家にいた、という不完全なものだが、でも部屋の指紋と一致しなかったからな。……いやいい。少し気になっただけだ」

6

頭痛を覚えながら、伊藤亜美を待つ。

前と同じ風俗店のビルの前。二時間を過ぎるが出てくる様子がない。

店のＨＰにある女性達の写真は、どれも顔がぼやけている。個性を消され、身体のサイズ数字で表現された女性達。プロフィールにある趣味や好きなものも、誰もがありきたりな事柄に抑えられている。彼女がどれかわからず、出勤のスケジュールもわからない。店に直接行くのもまずい。

休みかもしれない。部屋で待っても意味はない。死体があるのだ。考えてみれば、彼女が部屋に戻るはずはない。

危険だが、部屋に入り情報を得る手段を選ぶ。彼女が身を寄せそうなところ。僕のこの判断は正常だろうか？　でも時間がない。捜査本部は彼女に対し、公開捜査を検討し始めている。僕は車に乗り、彼女のアパートに向かう。

麻衣子のアリバイも必要だが、今はこちらが優先のはずだった。彼女が捕まるとまずい。

何も妙な選択をしてると思えないのに、鼓動がずっと速かった。ハンドルを無駄に強く握るのをやめ力を抜く。視界がぼやけ、一瞬寝ていた自分に気づく。路肩に車を停め、コーヒーを飲む。鼓動がさらに速くなる。これは睡眠の不足だけが理由だろうか？　自分の中の何かが僕を止めようとしているのかもしれない。僕に事故を起こさせ、僕の命を奪うことになっても、僕を何かから遠ざけるように。非論理的だが、人間の内面は時にそう暴発する。いや、こんなことを考えるのも睡眠が足りてないからだろうか。

アパートから離れた路地に車を停める。緊張する身体が、また僕にニコチンとカフェインと一時の中断を要求する。煙草に火をつけ、吸い終わり歩く。何気ない素振りで周囲を見、人気のないのを確認する。窓は相変わらず鍵が開いている。中を覗き込み、息を飲む。

どういうことだろう？　僕は玄関へ向かう。周囲を確認し、手袋をつけドアノブにふれる。開いている。静かにそのまま開き、身体を滑り込ませる。台所を過ぎドアを開ける。

　死体がない。処理したのか？　畳も濡れていない。鼓動が強く音を立て、視界が狭くなっていく。死体がないだけじゃない。これはどういうことだろう？　これは一体、どういうことだろう？

　複数の足音を聞き、身体が硬直したように動かなくなる。誰かが近づいてくる。この部屋か？　隣？　僕は咄嗟《とっさ》に窓を見る。今からあの窓を開け外に出る時間は？ない。複数の足音がこの部屋のドアの前で止まる。なぜだ？　クローゼットが目に入り、僕は開け中に入る。ギリギリの大きさ。鼓動で胸に痛みを感じる。玄関のドアが開く。誰が？　いや、さっき僕が見たのは何だ？　思考が混乱していく。でも僕は気がつくと息を整えている。僕と遊離したような僕の中の何かが、音を立てず呼吸を整えている。そうだ、音を立てるわけにいかない。この部屋のドアが開く音がする。僕はクローゼットの細い線の隙間から外を見ようとする。上手く見れない。青い制服が一瞬見える。警官？　この現場はもう警察に押さえられている？　伊藤亜美が捕まったのか？　なぜ規制ロープを張ってないのだろう。これからだろうか。もし彼らがこのクローゼットを開けたら？　僕はどうしたらいい？　思考がさらに乱れていく。何もできない。こんな場所に潜んでいた刑事が警察に発見される。僕はただ茫然と彼らに発見され、茫然と彼らに連れて行かれるだけだ。眩暈《めまい》を感じ、喉が圧迫され苦しくなる。何かが身体の中に広がっていく。温度。温かな温度。なぜだ？　僕は笑みを浮かべている。狂ってはいけない。僕は今正常だろうか？　胸や首が苦しい。叫び声を上げようとしている。こんな場面で？　駄目だ、それは絶対に駄目だ。

彼らはしかし、部屋を出ていく。ひとまずの状況確認だろうか。何だろう？　でも考える暇はない。彼らが玄関のドアからも出ていく。僕はクローゼットをゆっくり開ける。出るなら今しかなかった。窓に近づき、人気のないことを確認し開けて地面に降りる。砂の地面と足がふれる感触に息を飲む。靴。靴を忘れている。視界が狭くなっていく。何をしているのだろう？　だがもう一度足音が聞こえる。今度はもっと多い。玄関の方だ。僕は自分の靴を取りに戻ることができない。誰かが何かを説明する声。管理人だろうか？　管理人が警官と話を？　本当にさっきの者達は警察だろうか？　状況がつかめない。身体の力が抜けていく。いずれにしろ、僕は靴を取りに戻ることができない。一刻も早く、この場から逃げなければならない。

僕は靴下のまま道を歩く。足に力が入っていないのに、僕は歩くことができている。僕の侵入の事実を提示する、決定的な証拠。

気がつくと麻衣子の部屋のドアの前にいた。

ここまで、どうやって来たのだろう? 辺りはもう暗い。僕は車で眠ったのか? 今のは夢か? いや違う。足元を見る。僕は靴を履いていない。

ドアを開けた麻衣子は、脅えるように僕を見た。この表情、と僕は思う。脅えているのに、なぜか惹き込むようなこの表情。

部屋に入る。彼女は以前と同じ、白いタンクトップの上にベージュのカーディガンを羽織り、紫のスウェットを下にはいている。スウェットが彼女に張りつくようで、身体の柔らかな線を強調している。息を飲む。僕は口を開く。自分の声が震えるのを止めることができない。

「……伊藤亜美という女性を知ってる?」

シャワーを浴びた後の、甘い匂い。彼女の濡れた髪からだろうか。

「……知らない」

僕は彼女の身体に手を伸ばし、抱き締める。彼女は抵抗する素振りがない。

「知ってるはずだよ。……吉川の手帳にも名前が」

「知らない。……誰？」

嘘をつくな。僕は内面で呟く。きみは嘘を言っている。彼女の顔を見る。大きな目が潤んでいる。

さっきの、伊藤亜美の部屋にあった洗濯物。独特の干し方。ゴミ箱にあった、麻衣子の好きなアイスクリーム。棚にあった麻衣子の好きな昔のＣＤ。

僕は彼女にキスをする。舌を入れる。僕が激しく舌を動かすのに対し、彼女が控えめに、気を遣うように二度微かに舌を動かした。彼女の濡れた髪のシャンプーの香りが僕を包む。胸をさわる。まさぐるように。彼女が僕の腕に指を置くが、抵抗する素振りまでは見せない。柔らかい。僕はまたキスをする。何度も。彼女をベッドに押し倒す。

「……本当に吉川には監禁されてたの？」

彼女の服を脱がしていく。白い胸に顔をうずめ、彼女の乳首に唇を這わす。

「あ……」彼女の声。逃げようとする彼女の腕を押さえる。

きみは、と僕は思う。いや、違う。きみ達は、

きみ達は、なぜ男を殺してる？

彼女の性器に下着の上からふれる。酷く濡れている。紫の下着をずらし、指を動

かしていく。

「あ、……ああ」

「僕とは、本当はしたくないんだろ？」

彼女の中で、指を動かし続ける。

「あ、……いや」

「なのに何でこんなに濡れてるの？　なんで」

彼女が恥ずかしそうに僕を見る。やめてくださいと懇願するように。そうであるのに、彼女は大きく声を上げ、性器が音を立てて濡れていく。驚くくらいに。

「だめ……、私はだめなの、そんなにしたら」

「ん？」

「だめ、んん、いっちゃうから、ああ、あああ」

やがて彼女の身体が激しく動く。でも僕は左腕で抱くように彼女の身体を押さえつけ、なおも指を動かし続ける。

「だめ、だめ」

指がきつく締めつけられ、彼女が仰《の》け反《ぞ》るように身体を曲げる。濡れた髪を乱し、胸を上下させ息をする彼女に優しくキスをする。

僕もいつか殺すつもりなんだろう?

彼女の中に性器を入れる。性液がさらに溢れベッドが濡れていく。

「あん、あああ!」

「きみが好きだ」

僕は動き続ける。彼女の性器がベッドをとても濡らし、僕が動く度にピチャピチャと音を立てる。彼女が僕から顔をそむける。

「何でこっちを見ない? 僕が嫌いなんだろう?」

「違う」

「嫌いな男にされてるのに、守ってもらうために、されてるだけなのに、……何できみはこんなにも」

「ダメ、また……」

彼女の声が大きくなり、また性器を強く締めつけてくる。性液がなおも溢れ続ける。考えられないくらいに。こんなに快楽にだらしない身体を、僕はこれまでに知らない。僕は背ける彼女の顔を無理やり向けさせキスをする。濡れた髪に両手でふれる。もうどうなってもいい。どうなっても。

「あ、いや、ああ」

彼女も身体を動かし続ける。どれくらい自分が動いてるか、もうわからない。

「ああ！　あああ！」

「きみが好きだ」

彼女が一瞬笑みを向けた。何だろう？　僕は激しく動きながら彼女の首に唇を這わせ、乳首を舐《な》めながら吸う。彼女の腕が僕の背中を強く抱く。苦しくなるくらいに。

「あん、ああ！」

「……中でいい？」

「うん、うん、あああ！」

快楽が高まり、彼女の中に射精する。二度、三度、精液が彼女の中に入っていく。快楽が突き抜ける。また彼女の性器が絡みついてくる。まるで僕が性器を引き抜くのを阻止するように。足を小刻みに震わせ閉じようとする。

彼女が潤んだ目で僕を見る。顔を上気させて。僕達はキスをする。

彼女の顔をじっと見る。彼女を離すわけにいかない。愛おしい。こんなに愛おしいものを、僕は他に知らない。

逃げ切らなければならない。僕は思う。逃げ切るためなら、多分何をしてもいい。

7

横になりながら、麻衣子の身体を抱き締める。彼女も僕の首に腕をからめた。

「……きみのアリバイだけど」

「……ん？」

「家にいたのじゃまずい。……変えないと」

麻衣子が不思議そうに僕を見る。僕に不意にキスをする。微笑んでいる。きみは人を殺したんだよ？　僕は言いかけてやめる。彼女は自覚が足りない。

僕が伊藤亜美の部屋に残してきた靴。でもあれは、それほど問題にならないかもしれない。

二年前に買ったもの。聞き込みで靴をすり減らすので、量産品を一度に大量に買っていた。あの靴から僕を割り出すのは難しい。こういった物証で、一番厄介なものだった。

靴から僕の指紋が明確に出るかも疑わしい。靴は普段、紐しか触らない。もし出ても、他署の管轄の刑事の指紋など調べるはずがない。

でも、と僕は思う。あれは、本当に僕のミスだったろうか。人間の錯誤行為は、ただのミスでない可能性があると聞いたことがある。その人間の無意識がわざとミスをすることで、その人間の何かの願望を示すことがあるらしい。いや、考え過ぎだろうか。

「……きみのアリバイは、一度捜査本部に伝えてある。だからすぐアリバイを変えるのはまずい」

僕は続ける。今は集中しなければならない。

「つまり……、もし嫌疑がかかった場合にだけ、新たに用意するアリバイをつくる。きみがなぜ家にいたと嘘をつかなければいけなかったのか、それを合理的に示すアリバイ。後ろめたい理由がいい。本当は言いたくなかったという感じに。その方がリアルで疑われにくい。……風俗で働いてたことにしないか。協力してくれそうな人間を知ってる」

「……なら、うちのお店がいい。まだわたし籍あるし」

「……風俗じゃないだろ?」

「マネージャーが風俗もしてた。クラブは店長に任せて副業みたいに。……薬で捕まりそうな子かばったりしてたから、慣れてると思う」

彼女が誘うように僕を見る。

「信用できる?」

「上手だと思う。ものすごいヤバイ子も匿《かくま》ってた。……警察が嫌いだから、きっとやってくれる」

彼女は深刻さが感じられない。僕の指を控えめにつかみ、自分の性器に導く。さっきしたばかりなのに、彼女の性器は。

「……なら」

僕は彼女にキスをする。我慢できそうにない。

「きみがやったとは伝えず、なぜか疑われてるからアリバイつくってと伝えて。……僕が聞き込みの振りをして会う。ばれそうか判断するよ」

やや古いが、ありふれたマンションの一室。デリバリーヘルスの待機所だった。1LDK。LDKの部分に三人の女性がいる。それぞれ絨毯に座り、スマホを見たまま顔を上げない。髪も黒い地味な女性達。

男がドアを開け、奥の部屋に通される。簡素な事務所になっていた。よくある部屋のつくりなのに、照明が弱く、薄暗く感じる。やや温度も低く、肌にふれる空気が乾燥している。

「……桐田麻衣子と言われても、……ちょっと待ってください」

男は五十代くらいに見え、顔は整っているがしなびている。掛け持ちで風俗をしてるとされてるが、恐らく背後の暴力団の構成員にやらされているのだろう。履歴書の束を見ている。

こういう仕事をしていても、最近では普通の人間も多い。でもこの男は周囲からずれた夜の匂いがする。この業界が長いのだろう。

「マイちゃんか……。うちは当たり前だけど偽名ですから。何日でしたっけ」

しなびてるわりに、演技は下手ではない。

「十月四日、午後九時から午後十一時」

「……出勤してます」

今度はＰＣを見る。

「見せてください」

確かにPCの画面では、金の動きと共にそう記録されている。ぬかりはない。

「詳しいことは聞きません。女の子のことは詮索しないですから」

「……彼女はどこに派遣されてますか」

「そこのラブホですよ。ほら、向かいの。提携してましてね」

この辺りは防犯カメラもない。向かいのホテルにもないから、確認されることはない。

「本当に派遣されてますか。彼女が派遣先に行かずどこかに行ったことは」

「それはない。確認電話も来てます」

「それは彼女の携帯電話？」

「違います。持たせてる店のものです。でもほらちゃんと履歴もある。女の子が来ないなんて苦情もない。……もういいですか？」

「その客の番号は」

「勘弁してください」

男が笑う。

「これは捜査です。協力を拒否するなら……」

「困ったな……」

「早くしてもらいたいんだが」

「……これですよ」

そう言って携帯の画面を見せる。恐らく、別の女の仕事と彼女の仕事を入れ替えている。でもこの客に僕が問い合わせたらどうするつもりだろう？　僕が番号を書き取るのを、止める様子もない。そこまで手を回してるのか？

でもなぜだ。確かにそれほど手間のかかることではない。でもなぜこの男はこんなことまでするのだろう？

「桐田さんとはどういう？」

「え？　マネージャーと従業員ですよ」

「それ以上の？」

「うちは厳しいんでね。そんなことしたら殺されますよ。上がそういうの嫌いで。ほら」

そう言って指を見せる。小指でなく、中指がない。

「どんな業種になっても、もうヘマはしたくない。それに、……私と彼女は釣り合いません」

考え過ぎだ。いや、僕は嫉妬したかったのかもしれない。

男が僕をじっと見てるのに気づく。視線を合わせると、目を逸らさず男は笑顔を向けた。

「……刑事さんは、私を軽蔑していない」

「ん？」

「女を使ってメシを食ってる。最低の仕事だ。なのに軽蔑していない」

眉をひそめ男の目を見続ける。でも男は視線を逸らさない。さっきまでと、雰囲気が違う。

「刑事さんは物分かりの悪い方じゃない。……そうでしょう？　一目見た時からわかりました」

「何が言いたい？」

「遊んでいきませんか」

先日のハプニングバーの男と、同じ視線。抜き打ち捜査を知らせる相手を、こういう職種の人間達は欲しがる。刑事の仕事は闇の側にある。

「今日はいい。やめとくよ」

「……何をしてもいい女性がいます」

男は猫背だった背をさらに丸めた。

「いいですか、通常の行為だけじゃない。何をしてもいいんですよ。いえ、ここはそういう商売はしてません。ただ私はそういう女性を知ってるだけで、友人のようにあなたに教えるだけです。お金はかかりません。今回は。……どうです？」

薄い見開きページだけのファイルを見せられる。何をしてもいい？　そんな紹介の仕方は聞いたことがない。この男は何だろう？

写真を見、鼓動が速くなっていく。中国人や東南アジア風の女達に混ざり、一人日本人がいる。伊藤亜美。

偶然か？　そんなはずはない。ファイルから視線を上げると、男はまだ笑顔を向けている。

「……この女性は？」

「ん？　美人ですね。こんなリストに入るなんて信じられない」

「何か知ってるか」

「え？　何も知りませんよ。ただ私はリストを渡されてるだけで」

そんなはずはない。そんなことがあるわけがない。

「お気に入りですか？……電話してあげましょう」

8

清潔とはいえないラブホテル。人間の欲望が、集中し凝縮する場所の一つ。指定された薄暗い部屋で待つと、伊藤亜美が来た。

麻衣子より少し背が低く、黒い髪。美しい。写真よりやはり若く見える。だが彼女は部屋に入るなり、僕を睨みつけた。

一言も口をきかず、いきなり服を脱ぎ始める。僕は驚き、止めようとするが、上手く言葉が出てこない。慣れた様子で素早く全裸になり、僕の横を素通りしベッドに仰向けになる。もう僕の方を見ることもない。青い下着が落ちている。

このまま、好きなことをしろということだろうか？　〝何をしてもいい女性〟。何をしても？

不機嫌に仰向けになった彼女の身体を見て、欲情する自分に気づく。

このまま機嫌の悪い女を好きなように扱う。物のように。自分の内面の暗がりの全てを、この女の身体に。

僕は息を吐く。そこまで堕ちるわけにいかない。

「ごめん。……そういうんじゃないんだ」

僕が言っても、彼女は仰向けのままだ。

「……俺が誰か聞いてる?」

「知らないです」

彼女が小さく言う。まだ動かない。

「話を聞きたい。……きみは伊藤亜美。そうだね?」

「違います」

「そういうのはいい。……知ってるんだ」

僕が言うと、彼女は上半身だけ起き上がった。身体を隠す素振りもなく。

「いえ、あの……、違います」

彼女を見る。本当に困惑している。間違えた部屋にでも入ってしまった様子で。

嘘をついてるとは見えない。

「僕はきみに危害は加えない。……味方と思っていい」

「味方？」

「きみを助けられる」

伊藤亜美が僕を不思議そうに見る。

「どうして？　あなたは誰ですか」

「僕は刑事だ」

彼女が不意に動き、僕の横を走り抜け脱いだ服をつかむ。僕は彼女の手をつかみ、止めようとするが上手くいかない。押さえつけ、そのままベッドに倒す。

「違う。きみを捕まえたりしない」

「……なんなの？」

「きみのやった殺人も隠せる。死体はどうした？」

「……え？」

「死体だよ」

「……違う。何の話？」

僕は茫然と彼女を見る。やはり嘘をついているとは見えない。

「……きみは本当に伊藤亜美じゃないのか？」

「違います」

『inconscient』。その風俗で働いてるだろう?」

「……はい」

「吉川一成という男は?」

「誰?」

彼は偽名だった。彼女はあの男の偽名を知らないのか? でも手元に写真がない。

「きみのアパートの住所はここだろ?」

僕は手帳の字を見せる。彼女が首を横に振る。どういうことだろう? 意味がわからない。

吉川一成の手帳に彼女の名前があった。勤務先と記されていた店は合っていたのに、住所が違うということか?

「免許証を見せてくれ。身分証は」

「ない」

「ない? なら財布を見せてくれ。きみの名前がわかるものを」

「いやです」

「言う通りにしてくれ。……きみを助けられる」

彼女が僕を疑わしげに見る。迷う素振りでバッグに手を伸ばし、躊躇してやめ、また手を伸ばす。財布から、クレジットカードを見せる。〃何をしてもいい女性〃。そんな仕事をしてるのに、カード会社の審査が通ったのか。それとも昔のものか。サインを見る。山本真里《やまもとまり》。

いや、これはただそう名前が書かれているだけかもしれない。

「……本当のことを言うんだ。言わないと、逆に僕はきみを破滅させるかもしれない」

「本当のこと？」

「きみは伊藤亜美だろ？」

でも彼女は困惑して僕を見る。意味がわからない。

9

パチンパチンという音がする。

狭いスナックの湿った空気の中で、その音はやたら乾いていた。大きな背中の男が、椅子の上で屈んでいる。

「夜に爪切ると、親の死に目に会えないんだよ」

僕は学校で聞いたばかりのことを、その男に言う。母のハンカチを何気なくさわり、結び目をつくりながら。今思えば不用意だった。ただ一度、ジュースをもらっただけの男に、内面を許そうとするなんてことは。こんなスナックに汚れた作業着のまま来て、やたら爪楊枝を使いたがるような男に、何かを期待するなんてことは。

「親わあもう死んどるからなあ」

男が爪を切りながら言う。そのまま背を向けておけばいいものを、男は何か気の利いたことが言いたくなっていた。余計なことを。

「それに爪切らんと」男が振り向く。僕はだから、そう言った顔をはっきり覚えてしまっている。得意気な顔を。見込み違いだと、僕がはっきりわかってしまった顔を。

「お前の母さんが痛がるだろ?」


目が覚めると、僕は激しく呼吸している。

目の前に裸の伊藤亜美がいる。いや、伊藤亜美だと僕が思い、違った女がいる。

「……え?」

僕は思わずそう言う。状況がわからない。伊藤亜美だと思った女が、僕を無表情で見ている。テレビ画面からは、何かのAVが流れている。

「あなた……、急に寝たんです」

「寝た?」

「はい。……私に、何とかって人の顔を確認させようと、誰かにメール打ってる途中で」

僕は驚く。

「……どれくらい？」

「……五分。あと、……顔拭いた方がいいです」

手で顔を拭う。泣いていた。

疲れているからだ、と僕は思う。全く悲しくないのに、涙が出るなんて。

僕は何か言いかけようとするが、言葉が出ない。感情や社会性が言葉になろうとする前に、それを形づくる線が絡まり窒息したみたいに。椅子の上に屈んで座ったままの僕を、彼女がベッドから見ている。テレビ画面では、茶色い髪の女が、複数の男とセックスしている。

「五年くらい前なら。……私は」

彼女がそこで不意に黙る。言葉を待つが、何も言わない。

「……五年前なら？」

「いいえ」

「……言いかけたなら、言えばいいじゃないか」

彼女は僕を無表情に見、やがて目を逸らした。

「それくらい前なら、……きっと、同情したんじゃないか、と思っただけです」

人を馬鹿にするような、派手なピンクの光が部屋を照らしている。

「……あなたにです。……悪い癖というか、そういうのが、あったっていうか。……悲しそうな男の人を見ると、よく……、抱かれてました。……向こうも、求めてきますから。拒否したこともあったけど、そうすると後で、させてあげればよかったかな、と思う。……最悪ですね」

僕は何を言えばいいかまだわからず、煙草に火をつける。

「でも、今、あ、と思って。……久しぶりに、こういうの見たのに。……何とも思わない。いや、あなたが好みじゃないとか、そういうんじゃなくて、……私が変わったんだって。……人に同情するような気持ちが、もう私にはないんですねきっと。……で、どうするんですか」

彼女が僕を見る。僕の煙草が羨ましいとでも言うように。

「私はあなたに買われてますから。……よくわからないことばかり言うし、よくわからないけど、とにかく……、私はあなたがいいってなるまで、帰れないんです。……いいですよ。すればいいです」

彼女がそう言い仰向けになる。

「伊藤亜美という彼女でもいたんですか？　なら私をそう思ってすればいいです」

彼女は天井を眺め続ける。本当は、空を見たいのではないかとなぜか思う。神でも見上げるみたいに。でもその視線は遮られている。派手なピンクの照明が吊るされた、貧弱な天井に。画面では、群がる男達の動きが激しくなる。

「私には、何をしてもいい。そう言われてるんですよね？　それはその通りです。だから極端な話、殺してもいい。つまりここはそういう場所で、私はそういう女だってことです。……全部、自分を解放すればいいんです。それで大体、私も相手が何を抱えてるかわかる。……男の身勝手な、甘ったれた闇でも女にぶつければいい。……いや、これはフェアじゃないですね。女だって、身勝手な闇を男にぶつける」

「……きみはなぜこんなことを？」

「一番嫌いな質問です」

彼女が言う。天井を見上げたまま。

「池袋でも新宿でも、その辺りに夜中たってる女に同じ質問してみてください。色んな女が色んなことを言いますよ。どういう返事が好みですか。心の傷とやらでも聞きたいですか」

僕は立ち上がる。彼女の服を取り、渡すためベッドに投げようと思っていた。だがベッドで裸のまま仰向けで寝ている彼女をまともに見、鼓動が微かに速くなっていた。周囲に薬局のビニール袋が散乱している。僕がよく思い出す記憶。海で水着が取れそうな女を見て溺れ、善良な男に助けられる。その後調和していた世界が崩れ、周囲に爪切りと複数のコンビニのビニール袋が落ちている。誰かが近づこうとしてくるが、その男は柵からこちらに入れない。そして善良な男が僕に言う――。疲れている。彼女の周りに、薬局のビニール袋なんてない。あの時に見た男の死体も、濡れてはいなかったのかもしれない。僕は彼女を見ながら欲情している自分を惨めに思う。自分を解放？　何をすればいい？　今から何人も男達を呼び、嫌がるきみの身体に色んなことでもすればいいのか？　男の性の解放はそんな感じか？　僕にそれを見た記憶はないが、恐らく母が、喜んで店の客達にそうされていたように？

母が死んだ頃、僕は健忘の症状を起こしていたらしい。記憶を抑圧している、というよりは、もっと直接的な精神の病理。会社に、突然来なくなる新入社員のように。会社に行くために自分のアパートを出たところまでは覚えているが、数日後、どこか地方のホテルで意識の覚める新入社員のように。極度のストレスから来る、遁走と呼ばれる健忘だ。その間、彼は普通に電車に乗り新幹線に乗り、ホテルのチェックインまでしてるが記憶がないという。

それと同じような症状。だが僕はどこかへ逃げたのでなく、所々覚えている。そしてこの健忘はほとんど役に立っていない。抑えつけるべき記憶を僕は覚えているから。ただその頃の記憶には、海のものや、また別の山のもの、あとは自分が経験したとは思えない、漫画の中にいたような妙な記憶などが混ざっている。

スナックの二階の部屋で、男を受け入れていた母。それを覗いていた自分。どうせ健忘になるなら、こういう記憶を抑圧するべきじゃないか？　僕の健忘は失敗したのだ。髪が濡れたままの母の死体の上には、幾つもコンドームが落ちていたらしい。薬を過剰に打って裸で死んだ母の上に。母がすぐ後に死んだことも知らず、帰っていった男達が残していったもの。セックスの準備のためにシャワーを浴びていた母を、男達はその時間も待てないとでもいうように浴槽から連れ出し、濡れた髪のままの母を抱いたのだ。でもその記憶を抑圧した僕が、代わりにあの海の記憶にすり替えた、つまり使用済みのコンドームを幾つものコンビニのビニール袋にすり替えたとは思えない。なぜなら、その母が死んだとき僕は小学校の林間学習で遥か遠くの場所にいて、僕はその林間学習を健忘で忘れているが、僕はずっと普段と変わらず皆と過ごし、どこかに抜け出した形跡も絶対ないというのだから。

でもすごいな、と僕はイメージを振り払いながら思う。ここで彼女を縛りつけ、そのまま首吊り死体に見せかければ、この事件は全て終わってしまう。警察が行方を追っていた女が逃亡し、追いつめられ、古びたラブホテルで首を吊る。防犯カメラもない。僕は彼女の携帯電話から、誰かに遺書でもメールすればいい。事件は終わる。捜査一課の案件になる前に。彼女が伊藤亜美でなくても、吉川一成が持っていた写真の女であると思うだろう。被疑者死亡の場合、捜査はそれほど丁寧でなくなる。

「いや、中はいや」

画面の女の声が大きくなる。日本のＡＶには性器にモザイク処理がされるが、これは無修正ビデオだった。複数の男達に身体を押さえられ、上に乗られ、執拗に犯されている。

「中はやめてください。いや、中はいや」

僕はぼんやり画面を見る。何だろうこの違和感は。この女性はセリフを棒読みしている。

「……この子は」

伊藤亜美と思っていた女が言う。無表情で。

「普通、こういうのは、中に出して、と女に演技で言わせます。……私も出たことがあるから、わかります」

画面の女は、ほとんど喘《あえ》いでいない。

「でもこの子は……、中はいや、と言わされてる。本当はこういう演技って、思ってないことを言わされるものです。でも、中に出されるなんて嫌に決まってるから、本当ならこのセリフには、演技というより彼女の本心が少しは響くはず。……だからこのセリフを棒読みで言われると気味が悪い。この子は当たり前だけど、中に出してなんて思ってない。でも、中に出さないでとも思ってない」

男がうめき声を上げ中に出す。無修正だから、男は本当に中に出している。男が抜くと、女性の性器から精液がわずかに流れてくる。女はまた「いや」と言った後、精液が流れている自分の性器を見て、なぜか一瞬笑みを浮かべた。興味深そうに。

「彼女はだから、面白がってるだけです。自分の身体が滅茶苦茶にされるのを。……正確に言えば、彼女は自分の身体をどうでもいいと思ってる。自分の身体に関心がない。……私と同じ」

不意に僕の携帯電話が鳴る。メールの着信。手元にない吉川一成の紙のコピー写真を、さらに撮影したものを市岡さんに送ってもらった。解像度は当然悪いが、誰かはわかる。

「……この写真見てくれ。これが吉川一成と、……きみだよ」

彼女が無表情のまま写真を見る。だが僕は、改めて写真を見ながら違和感を覚え始める。

「……何これ」

彼女の声が微かに震えていく。

「これは似てるけど私じゃない」

僕は再び混乱していく。写真の女性と実際の彼女を直接比べると、確かに似てはいるが、別の人間とも言えるのだった。彼女は写真よりやはり若い。

「この写真の人……実在するの？」

「……え？」

「この女性の顔、……何か変だよ」

10

「伊藤亜美は既に死んでいます」

毎朝の定例会議。市岡さんの報告が始まっているが、僕は戸塚さんから聞きもうその内容を知っている。

「吉川一成のアパートの名義人であり、写真に写っていた伊藤亜美は、半年前に見つかった身元不明の死体によく似ています。……本人と断定していいと私は思っています。詳しいことはまだわかりませんが、首を吊った状態で発見されている。……つまり、伊藤亜美は吉川一成の犯人に成り得ない」

どういうことだろう。僕は苦しくなる鼓動をずっと抑えようとしながら、考え続ける。なら僕が会った「伊藤亜美」は、やはり似ているだけで別人となってしまう。でも、ではなぜ吉川の手帳に彼女の勤務先が「伊藤亜美」として記され、しかもあんなに顔が似ていたんだ？

「……事件は完全に、振り出しということになる」

　今度は署長が言う。

「明日、この蜷川《にながわ》署に新たに捜査本部が設置される。……明日からこの事件は我々所轄ではなく、本部の、つまり捜査一課の案件になる」

　胸に鈍い痛みを感じた。

「各自、捜査資料をまとめておけ。……以上」

　皆が重そうに席を立つ。僕は身体の力が抜け動くことができなかった。左右のこめかみや後頭部の辺りから、血液が体内を落下していくように。体温が、そうやって下へ流れ落ち消えていくように。

「最悪だな」

　隣で戸塚さんが言う。

「お前、一課との捜査はじめてだろ？　あいつらは、そもそも俺達みたいな所轄を完全に下に見てる。……俺達の捜査なんてほとんど意味がなくなった。あいつらは全部、自分達でやり直すぞ」

　麻衣子と僕の関係。僕がやった、麻衣子の指紋の細工。一課の刑事が調べ麻衣子に聴取し、指紋を取り直せば僕の不正が発覚する。

電車の窓の外の風景に、常に電線が映り続けている。黒の線が、電車と並走し執拗にまとわりついてくるように。

「私はあなたがいいってなるまで、帰れないんです」

僕が伊藤亜美と思っていたあの女性は、そう言ったはずだった。でも僕がまた不意に眠った後、彼女は部屋から消えていた。いくら睡眠が足りてないからといって、あのように何度も寝てしまうだろうか。薬を盛られていたのかもしれない。でももしそうだとしても、ではなぜ彼女はそんなことを？

目が覚め、僕が所持している吉川の手帳を帰りのタクシーで何気なく開いた時、見慣れない住所が書かれていた。これまで気づかなかったはずがない。「伊藤亜美」が書いたのか？　何のために？　その字は、乱雑に書かれた手帳の他の文字と、明らかに異なっていた。

明日になれば、もう僕は終わる。何かの手がかりになるかわからないが、僕はこの住所に行くしかない。僕に残された手段は、もう麻衣子をどこかに逃がすか、彼女と共に逃げるかしかない。

「遠くに行こうか」

　母がそう言ったことがある。僕が小学生の頃、電車で二人で揺られていた夕方。あの時も、窓の外には黒い電線がいつまでも並行し流れていた気がする。思い違いだろうか。

「……次の駅で、家に帰るけど。……そこで降りないで、もっと、遠くに」

　あの時、母の声はやや虚ろだった。

「でも、次の駅で降りなくても、当たり前だけど、また駅があるんだろうねえ」

　僕はいつも持っていた母のハンカチで、半ズボンから出た足についた何かの泥を拭きながら、母の美しくやつれた横顔を見ていた。

「柴田駅、名和駅、聚楽園駅……また町があって、生活があって、月曜日があって火曜日があって……、スナックの名前も、ミユキからアケミになって、お客さんは鈴木さんとかから田中さんとかになって……。どこまで行っても、同じなんだろうねえ」

　また濃く口紅を塗り過ぎた母の唇が、微かに震えていた。半袖の袖口から、注射の跡が僅かに見えていた。長袖を着ればいいのに。

「お母さんは、自分がもう手に負えないねえ」

そう言い、ほつれた髪のまま細い視線を僕に向け、唇を震わせ少しの間があり、また母は顔を窓に戻した。あの時の、発せられなかった母の言葉は、「お前だけでも行くか?」ではなかっただろうかと今では思う。

「お母さんは次の駅で降りるけど、お前だけは、もっと遠くまで行くか?」

その一週間前、僕は父に会っていた。自分が、自分の人生から外れる機会。母と共に乗っているこの古びた赤い私鉄電車から、逸れていく機会。

父は時々、学校帰りの僕を、清潔なスーツを着て待っていた。喫茶店に連れられ、好きなものを頼めと言われるたび、僕はメニューにある最も安いラムネジュースを選んだ。本当はメロンソーダやバナナジュースが飲みたかったし、ホットケーキやナポリタンが食べたかった。でも母への裏切りに感じられた。

だがその日、喫茶店でなく見知らぬ家に連れられた。父が、新しい家族と共に建てた家。

汚れた靴を玄関で脱ぐと、父の新しい妻が、笑顔で真新しいスリッパを差し出した。家の中でスリッパを履く習慣を、僕は知らなかった。

四人がけのテーブルが置かれたフローリングは、途中から水色の絨毯が敷かれピンクのクッションがあった。その向こうに見えた、なぜこれほど薄いのかと驚くほどの大きなテレビ。薄汚れた自分の家、母のスナックの二階のふすまと畳と比べ、その部屋は清潔過ぎた。

「ここに一緒に住まないか？」

父が、僕にそう言ったのだった。この家を見せれば、喫茶店では無口の僕が首を縦に振ると思ったのかもしれない。その表情は真剣だった。僕は拒否のため口を開いたが、なぜか言葉が詰まったようになり、息が止まった。まるで、身体が僕にそう強いたように。

僕の様子を、父はどう感じただろうか。チャイムが鳴り、父の妻が出るのが自然な流れだが、父が間を置くように玄関に向かった。気づまりだったのかもしれない。

「……急に言われても、混乱するよね？」

父の妻が笑顔で僕に言う。僕との距離感を測る様子で、静かに。彼女の背後には、小さなベッドで寝ている赤ん坊がいる。

「男の子だから、偉いね。……ずっとお母さんを守ってきたんでしょう？　お母さんの側にいて、ずっと支えていて。見捨てることなんて、できないよね……」

不思議な言い回しに、理解するのに時間がかかっていた。

「とても立派なこと。お母さんを守るっていうのは。……男の子だからね」

妻は似た言葉を繰り返していた。これからも、守れという風に。父の妻は、新たな命の誕生と共に、幸福の中にいた。僕が今さら一緒に住むなどと、言わないと思っていたはずだ。何だろう？　僕を見て急に不安になったのかもしれない。僕が物欲しげな顔をしていたとでも？　妻からすれば、何かを言うには、二人でいるこのタイミングしかなかった。だから言葉もまとまらないまま僕に話しかけている。遠回しに、控えめに言うことが、逆に効果的で嫌な言い回しになっていることに気づいていたかわからない。妻の手に塗られた透明のクリームが、彼女の美しい手を守りながら、部屋の光を薄く控えめに反射させていた。

父から一緒に住むかと言われた時、僕がすぐ拒否をしなかったから。返事が遅れたから。だからこんなことを言われなければならない。僕は怒りが湧いた。僕が先に拒否するべきだったのだ。この恥が、自分の人生というものについて回る気がしていた。僕の存在のタイプが、この瞬間決まってしまったみたいに。

父が玄関から戻って来る。僕にとってはどうでもいい郵便物。僕はなぜかその妻の手に映った温かな光をずっと見ていた。父はこの場の空気を、やや気後れしながら推し測ろうとしている。どっちかにしてくれ。僕は思う。曖昧な接触などしないでくれ。

　父は、自分が手に入れた幸福に窒息しそうになっていたのかもしれない。あまりに自分が幸福だから、その罪悪感から、僕を思ったのかもしれない。薄汚れたスナックの二階で、薄汚れた元妻のそばで、薄汚れていく自分の息子のことを。父は、僕を引き取るというハードルの高い道徳に、無理に自分を合わせようとし、さらに凡庸な妻まで巻き込もうとしている。

　気がつくと、僕は笑みのように口角を上げていた。この部屋は清潔過ぎる。こんな清潔は貧弱だ。家のスナックの床なんて、醬油をこぼしてもどのようなダメージも与えることはできない。

　あの薄いテレビは何だろう？　家のテレビはブラウン管で四角いが、上に広告の束でも中身のない貯金箱でも載せることができる。あのテレビの上には何も載せることができない。確かに家のテレビにリモコンはなく、チャンネルもダイヤルでしかもつまみは取れどこかになくなっているが、ペンチでつまめば回すことができる。故障しても叩けば直るのだ。そのテレビは叩いて直るのか？　最新型の貧弱な電化製品など興味はない。

　幸福でありながら、良心まで満足させようとするのは贅沢だ。清潔な生活を送り、清潔な社会で清潔に勝手に生きればいい。僕は黙ったまま、彼らの部屋で立ち続けた。父が家まで送ると言い出すまで。父の顔はなぜかぼやけているが、喫茶店で、煙草を吸っている人間を、煙が来ているわけでもないのに不快に見る目だけは覚えていた。そこには、いつか僕を刺す何か恐ろしいものがあるような気がした。妻と子を捨て別の家族をつくってもなお、自分はパーフェクトな善人という意識でいたいのだろうか？　責任を負う陶酔に、何の責任もない若い妻まで巻き込んで。

だから僕は、電車の中で二人で母といた時、母の側にいたはずだったのだ。なのに僕はあのとき母に、言うべきではない言葉を出していた。浮かれていたのか？　あのような清潔な家に住む権利が、母と違い自分にはあったのだという卑しい優越感を？

「お母さんはさ」

「うん？」

「辛そうにしたり、してるけどさ」

「……ん？」

「そうしてるのが、い、い、い、い、い、好きなんだよ」

電車が着いた。僕達が降りるべき無人駅に。母は一瞬躊躇し、でも習慣のように電車を降りた。だが駅のホームの中央で、立ったまま動かなくなった。病院からもらってきたばかりの、薬の入った赤いハンドバッグの金具に、傾いていく他人のような太陽の光が鈍く薄く映っている。母は泣いていた。細い母が麻薬の過剰摂取で死んだのは、一週間後のことになる。あの「事故」を殺人とするなら、どんな案件も疑う刑事風にそうするなら、あの事件の凶器は僕のあの時の言葉になる。僕は林間学習に行っていたが、凶器を残していたことになる。アリバイの完璧な殺人という風に。

母が死んだ後、僕は父達のところに行かず、母方の祖父母のアパートに行った。警察官採用試験に合格した時、年老いた父が、まだ若さを保っている妻と共に会いにきた。父は弱々しく僕に祝辞を告げた。妻はずっと泣いていた。あの時の自分の言葉の繰り返しを悔やみ、でもあのような言葉を受けても表面的には「立派」になった僕を見て、安堵と嬉しさが込み上げたのかもしれない。身勝手で自己完結な涙かもしれないが、当然のことながら、父の妻は悪人ではない。ただ彼女が平和だっただけだ。

僕は電車を降り、スマホの地図と共に手帳の住所を辿っていく。スーツのポケットの中で、母のハンカチを何気なくさわっていた。クローゼットの引き出しから探し出し、形見の一つのそれを持ってきていた。最悪の展開の中で、僕は感傷に逃げている。次第に民家の間隔が広くなり、錆びたガソリンスタンドを越えると左右を林に囲まれた一本の道に出る。静かで、不自然なほど真っ直ぐな道。目的の場所は、小さい池だった。グーグルマップ通りの。木々が周囲にあるが、看板も何もない。一体なんだ？ ここに飛び込んで死ねという冗談か？

「富樫」

驚き、反射的に振り返る。鼓動が速くなっていく。

葉山さんがいた。僕の背後に。

11

「何をしてる」

　葉山さんが言う。僕は考えをまとめることができない。

「……なぜですか」

「お前をつけていた」

　心臓に鈍い痛みを感じた。今日も、彼は刑事の給料には不釣合いの、生地のいいスーツを着ている。だが彼の場合、それがなぜか虚無的に見えた。似合わない紙袋を持っている、と思った瞬間、葉山さんがそこから何かを出し、僕の足元に投げる。

　身体の力が抜けていく。靴だった。僕があの部屋に忘れてきた靴。

「……え?」

「……お前、何をしてる」

視線が合う。数秒にも、数分にも感じられた。どういうことだ？　なぜこの靴を葉山さんが？

「今は……、散歩を」

「そうじゃない。ずっとだ。お前、一体何をしてる」

僕は大きく息を吸う。手が震えている。止めなければ、と思ったが、すでに葉山さんが僕の手を見ている。

「……何ですかこの靴は」

「お前のだ」

「何を言ってるのか、わかりません。……こんな平凡な靴」

「踵《かかと》に鳥の糞がついている」

確かについていた。鳩避けの棘《とげ》が多かった、あの駐車場にいた時ついたのか？

「その靴をお前が履いていた時、当たり前だが汚いと思ったよ。こういうのに気づかないくらい、何かに気を取られ余裕がないのだろうとも。……言おうと思ったが、別に俺の靴じゃない。俺につきそうなら拭けとは言ったかもしれないが。……それとお前の歩き方だ。お前は歩く時、右足の踵に左足の爪先の右側が当たる癖がある。だから」

そう言い靴を目で指した。

「この左の靴の爪先の右側が、少し削れてる。鳥の糞の位置も同じ。これはお前の靴だ」

鼓動がずっと速かった。葉山さんは、僕があの水に濡れた男の死体を発見したアパートに行ったのか？　どうやって？　彼は僕がいま履いている靴にも視線を向けている。僕の前に投げられたものと、全く同じ場所が削れている靴を。

不意に僕の携帯電話が鳴る。葉山さんが電話に出ろと目で促す。画面を見る。麻衣子だった。

何をやってるんだ？　電話するなと言ったはずだった。僕の携帯電話の履歴を調べられたら、麻衣子との線が発覚する。

息を整えようとしながら電話に出る。麻衣子の声が震えている。

――……さっき、葉山という刑事がうちに来たの。

「え？」

――だからあなたと一緒に作ったアリバイを言った。……マネージャーが上手く対応してくれたかわからない。

身体の力がさらに抜けていく。

「……その他には」

――指紋は取られなかった。でも、

気づくと電話を切っていた。ここから離れたい。漠然とそう思っていた。でも目の前には葉山さんがいる。

「……吉川一成の、あの部屋」

言葉の途中で煙草を吸い、白い煙を吐いた。いつの間にか葉山さんは煙草を吸っている。

「家具の位置がおかしい、とは前に言ったか？……特にテレビの位置が、おかしい。テレビは普通、飯を食べる時か、もしくはベッドで観れるように配置する。でもあの部屋では、わざわざベッドやテーブルから移動し、テレビの前まで行かなければならない」

葉山さんの右手の煙草の煙が、不自然なほど真っ直ぐ伸びていく。

「テレビに興味がないならわかる。だがあの部屋は三ヵ月前まで、ケーブルテレビの契約をしている。……つまり、部屋にいる人間の趣向が変わったということだ。もしくは、住んでいる人間が途中で変わったか」

僕はどこかに逃れようとする意識を集めるように、葉山さんの言葉を何とか追った。

「テレビを置くのに最も効果的な位置、ベッドの脇の角には何も置かれていない。その代わり、絨毯が凹んでいた。三点で支える何かを置いた跡。大体の電化製品は、通常四つの足で支えるようになっている。三点は奇妙だ。カメラじゃないか、と思った。カメラの三脚。絨毯の凹みから推測するに、かなり重量のある本格的なものだ。吉川は縄師。撮影していてもおかしくない。SM業界への聞き込みは続いているが、彼らも警察などと関わりたくない。真実の証言が出るか怪しい。だが吉川が撮影もするなら、ビデオに出ているかもしれない。アダルトビデオの業界人に今調べさせている。メジャービデオだけじゃなく、アマチュア撮影連中のサークルまで調べることになるから時間はかかる。だがいずれ何か出てくるに違いない」

僕は茫然と葉山さんを見る。

「あいつの部屋に、保守的で右翼的な雑誌がいくつかあったのを覚えてるか」

雑誌？　麻衣子の趣向のものばかり目がいき、特に意識してなかった。

「吉川はよく手に汗をかくタイプの人間だったらしい。ページの端に皮脂の跡が明確に出ていた。彼と同じように彼の本を読んだ。するとな、ちょうど俺がうんざりした辺りで吉川もその本を読むのを止めている」

そう言い煙草を吸った。右腕のクリスタルの数珠が袖口から微かに見えた。

「韓国や中国の悪口がやたら出てくるよくある屑本だ。つまり吉川が求めていたのは、そんなくだらないジャンク政治やジャンク文化ではなく、もっと本質的なものだったんじゃないかと思った。……お前と市岡が聞き込みしたあのハプニングバーのオーナーが言ってたんだろ？　吉川は縄そのものに促されるように、縄の欲求に応えるかのように緊縛をしていたと。吉川は他の縄師からやや逸れた人間だったのかもしれないと思った。緊縛、縄、保守、……連想されるのは、神社」

「……神社？」

「知らないのか。緊縛の縄は、本格的なものなら麻縄を使う。麻はつまり大麻草で、日本の古代の衣類は大体そうだ。麻縄は元々日本の文化や宗教に欠かせない。大麻草は既に縄文時代からこの国にあるし、縄文土器は、元々糸を合わせた縄を表面に転がし模様をつくる。神社での麻の注連縄《しめなわ》は日常と神域との境界を意味する。神道では神聖なものの周囲を麻縄で囲う。相撲も神事だから最高位である横綱だけが白麻製の綱を締めることを許され、土俵では力士達が塩を撒きしこを踏み悪霊を払う。神社本庁は日本の草の根の保守運動をし、保守政党の集票もしている」

葉山さんが続ける。瞬きだけをして、どのような感情も見せずに。

「死体が見つかったアパートの周囲の神社をいくつか回った。するとやはり、吉川はあちこちで目撃されていた。神社の注連縄や、神木を囲む縄の結び目を凝視したりしている。神社に毎日参拝する老人と会話も交わしている。日常的な会話ばかりで、書き起こせば膨大な量になるくらい話してるんだが、それらの中で、僅かに引っかかる言葉が二つあった。『パニック障害までいかないと思うんだけど、出かける度に圧迫感を感じて、いい迷惑なんだ。廊下を過ぎるまでの辛抱なんだけど』そしてもう一つは、『家に帰るのもね、いや、別にキリスト教徒でもないんだが』。これらの発言は妙だ。吉川のあのアパートの前は公園だろ？　ドアを開けても圧迫感などない。公園に特別な記憶でもあれば別だが、『廊下を過ぎるまでの辛抱』らしいが、廊下を過ぎても、あのアパートのすぐ脇の光景は依然公園のままだ。吉川の死体が見つかった部屋は彼の部屋ではないのではないか。そう思った。『いい迷惑なんだ』ということは、外的な要因を思わせる。圧迫感だから、目の前に建物が新しくできたか、もしくは新しく建つそれのための工事でも始まったか。……調べたよ。だがその老人が吉川と会話を交わした頃、建ったマンションや建物はこの辺りだけでも三十以上ある。全てに行くのは面倒だ。でもな、ネットで写真を一つ一つ確認すると、一つ妙な場所があった。行ってみたよ。するとしなびたアパートの前に真新しいマンションが建っていて、その反対側、つまり窓側に、写真で見た通りの電信柱が三本立っていた。電信柱の上部の形は様々だが、一部に十字のものがある。そこから見えるその三本が、全てその十字の形だった。十字は当然上に寄っていて小さいが、まるで三人の罪人を吊るしている三本の変形した十字架のようだった。聖書にあるキリストを磔《はりつけ》にした時も他に二人いて三人が磔になっている。日が落ちると逆光になり、十字の影がそのマンションの窓に映り込むような位置。『家に帰るのもね、いや、別にキリスト教徒でもないんだが』。日本古来の縄、その本質に耽溺しようとしている人間が住むアパートの窓外に西洋の、三つの十字架がある。ここにいたのか？　と思った。住人に吉川の写真を見せたらやはり住んでいたという。その部屋のドアが開いていた。中に入ると何もなかったが、死体の、お前にもわかるだろう、あの特有の匂いがした。つい最近まで、ここに死体があったということだ。散らかった机の上に紙があった。『私がやりました。業の全てを背負い命を捧げる』。……そう書いてあった。でもおかしいじゃないか。遺書があるのに死体がない。……俺はね、犯人は複数いるのではないか、と見当をつけた。そのうちの一人がその死体に罪を被せようとし、でも別の誰かがそれを阻止したかのように。つまり、その複数の犯人が、それぞれ誰を犯人にしようか迷ってるようだと。

……こんな事件は前代未聞だ。……そこに不自然に靴が残されていた。驚いたよ。……お前の靴としか思えなかった」

僕は茫然と葉山さんを見続けていた。僕とは離れた場所で、ずっと捜査が、葉山さんの手によって進められていたことになる。これがもし何かの物語だとしたら、僕はその物語からずっと疎外されていたことになる。

僕が疎外されている間に、ずっと背後で流れが――。

「そしてもう一つ、桐田麻衣子だ」

胸を突かれたように、呼吸が苦しくなる。

「吉川一成は偽名。あの手帳にあった名刺で、一つ妙な名前があった。桐田麻衣子。麻の衣類をまとう子、という意味にもとれる。……こんなケースで、何とも出来過ぎた名前だ。そうじゃないか？　偽名ではないか、と疑った」

僕は立っていることが難しくなる。

「本人に接触した。お前に言ったアリバイは嘘らしい。だがデリバリーヘルスの仕事だから言いたくなかったと言う。……その裏も取った。確かにアリバイはあったが、妙にちゃんとし過ぎている。……お前は何か知ってるな」

僕はただ葉山さんを見ていることしかできない。

「そもそも、あの吉川一成の部屋には、伊藤亜美と吉川が写った写真立てがあった。なのに置かれていた服はどれも伊藤亜美向きじゃない。住んでいたのは別の女だ。もし吉川一成が俺が探したアパートと、結果的に彼がそこで死んだアパートの二つを行き来していたのなら、吉川は、伊藤亜美とは別の女と、伊藤亜美と自分が写っている写真立てが置かれた部屋に住んでいたことになる。考えてみろ。そもそもそんなことを許す女がいるか？　そこには何か倒錯的なものがあったはずだ。あらゆる可能性のうち、伊藤亜美が既に死んでいて、その罪を思いながら吉川とその女は生きていた可能性もあると思った。何やらあの部屋からは厳粛な匂いがする。市岡に、身元不明の、そして恐らく絞首死体を中心に調べてみたらどうかと言ったのは俺なんだ。そして吉川とそこに住んでいたと思われるその女の服は」

葉山さんがじっと僕を見る。

「桐田麻衣子によく似合う」

僕は茫然としたまま葉山さんを見ていると思っていたが、なぜか身体を動かし、声を上げていた。笑っていた。おかしくもないのに。ポケットの中で母のハンカチを握りながら。

「葉山さん」

僕はそう言っている。自分がこれから何を言うかわからない。

「さすがですよ、噂通りだ。こうやって対峙してると気味が悪い！　でも、でもですよ、あなたが僕に勝てないものが一つある」

僕は叫ぶように言っている。僕は狂ったのか？　僕が何かから遊離していく。

「闇です！　不安定な闇！　ハハハ！　あなたはこれから、弱く不安定に揺らぐ闇というのがどういう行動に出るか見ることになる」

逃げよう。そう思っていた。麻衣子と共に、どこまでも逃げよう。この男から。この世界から。僕の人生から。葉山さんは、その推理とやらで僕を追えばいい。僕の人生も調べることになるだろう。僕の人生ごと僕を追えばいい。

「富樫」葉山さんが言う。風が吹き、周囲の木々が揺れていく。

「この事件は、お前が思っているような事件じゃない。吉川のビデオが出てきたらまた様々なことが噴出するはずだ。この世界に埋もれ隠れていたものが出現する。もっと別の事件だ。お前の知ってることを全て話せ。それと俺の調べたことを合わせれば」

「何を言ってるのか」

「富樫」もういちど葉山さんが言う。なぜかその声には優しさが響き、僕は一瞬、涙ぐみそうになる。木々が揺れ続ける。風が強くなってくる。

「一日待つ。だから自首する前に俺に話せ」

12

ドアを開けた麻衣子をぼんやり見る。

どうやってこの部屋まで来たのだろう？　タクシーに乗ったこと以外、ほとんど覚えていない。僕は履いていた靴を脱ぎ、自分が手にも靴を持っているのに気づき、それも玄関に置く。僕が二人も、この部屋に入ってきたかのように。脇には麻衣子のスニーカーがある。

「……葉山さん、いや……、葉山という刑事が？」

「うん」

麻衣子が僕をじっと見る。美しい顔で。上下とも、紫のスウェットを着ている。

「……指紋は、まだなんだよね」

「取られなかったけど、でも……もし取られても、心配ないの」

「……え？」

「私には指紋がないから」

僕は茫然と麻衣子を見る。髪が濡れている。

「……は？」

「ないの。……昔、そういう簡単な手術をして、掌紋もない。だから、あの部屋から私の指紋が出ることは、そもそもないの」

鼓動が速くなっていく。

「なら、なぜ、僕がきみの代わりの指紋を用意すると言った時、それを言わなかったの？」

「……だって」

麻衣子が困惑した顔で僕を見る。

「せっかく何かしてくれようとしてるのに、……邪魔したくなくて」

僕はなおも麻衣子を茫然と見続けていた。何を言ってるんだ？　彼女は、一体、何を言ってるんだ？

「待ってくれ、代わりの指紋を用意することが、どれくらい危険かわかるだろ？　きみは」

「ごめんなさい。……お仕置き?」

「……は?」

「私、お仕置きされないと、……わからないの」

そう言い、目を潤ませて僕を見る。何を言ってるんだ? これは、そういう性のゲームのレベルの話じゃない。なのに麻衣子は僕に近づき、目を細く開けたまま、微かに舌を出し唇を近づけてくる。キスをされる。麻衣子の舌が、僕の口の中で優しく動く。まるで、こんなことになった僕を慰めるように。こんなことになったのは、彼女が原因だというのに。

「……ほら」

そう言い、僕の右手を、自分の性器に持っていく。酷く濡れている。一筋の性液が、紫の下着では支えきれず内腿に垂れている。やがて二筋になり、膝の裏の窪みに消えていく。

「ずっと待ってたの、今日、あなたを。……ここいじらないで、ずっと我慢してたの」

僕は麻衣子を抱き締め、ベッドに倒していた。僕は何をやっているんだ? こんなことをしてる場合じゃないのに。射精した後の気分は最悪に決まってる。

「待って、ねえ」

麻衣子がベッドの脇の棚から縄を出す。それを濡れた髪のまま、自分の身体にゆっくり絡めていく。

「……裸に剝いて。恥ずかしい格好で縛って」

僕は麻衣子の服を、破るように脱がしていく。白い肌は既に汗で濡れ、息を飲むほど僕は彼女を美しいと思う。ハプニングバーで見たことを思い出しながら、麻衣子の腕を後ろで交差させ縛る。

「ここを、まずそうして、……うん、んん、そう」

麻衣子の胸の下に縄を巻き、優しく麻衣子の胸を持ち上げるようにする。

「本当はまず上が先で、逆だけど、んん、でもいい、あ……、次は」

麻衣子の胸の上側にも縄を回し、後ろで縛る。縄で胸を上下で優しく挟むように。僕はそのまま、上半身が動けなくなった麻衣子の乳首に舌をはわせる。麻衣子が声を上げる。彼女は逃げることができない。繋ぎ留められている。

「んん、……ああ」

麻衣子の性器にふれる。もう既にシーツも酷く濡らしている。

「あん、あああ！　やだ、んん、もういっちゃう……、恥ずかしい、こんな、すぐ、……あ、ああ！」

　麻衣子が声を上げる。

「恥ずかしい！　いや、あ、あ、恥ずかしいよ」

　腕を固定された麻衣子が、僕の指を締めつけながら仰け反り、ベッドの上でもがきながら震えたようになる。ベッドに沈みこむようになった麻衣子が僕を見つめる。こんな格好ですぐいってしまったことを、それを僕にずっと見られていたことに目を潤ませながら。濡れた髪の海。捕まえている。

「この縄は、ハア、麻縄で、……大麻でできてるの」

　僕に柔らかな胸をまさぐられ、首に舌を這わせられながら麻衣子が言う。呼吸のようなか細い声で。

「大麻草を、野生動物が食べると、んん、フラフラして、どこかに、行ってしまう。……何で、そんな草が、んん、あるのだと、思う？」

「……さあ」

「毒だって、いいはずなのに、あ、あ、何で、大麻草は、自分を毒に、しなかったんだと、思う？……それは、んん、優しいから」

　僕は髪にキスをしながら、動けない麻衣子の性器に、もう一度指を入れる。

「ああ！　あん、だから、優しいの、動物達にね、あ、あ、ちょっとだけ、食べさせてあげるためなの、……ちょっとは、食べてもいいけど、全部は、ダメって。ああぁ！　でも、でも」

　麻衣子が僕にキスをする。激しく。

「今日は全部食べて。……おしりに入れてもいいの。……滅茶苦茶にしていいの」

　僕は呼吸を乱しながら、次は麻衣子の足を縛ろうとする。

「それは、いらない」

　目を潤ませた麻衣子が、恥ずかしそうに、でもやや口元に笑みを浮かべながら、僕に向かって長い足を広げていく。僕は息を飲む。

「あなたが入れてから、ぎゅって、私の足で、あなたを縛るから」

　僕は自分の性器を麻衣子の性器の中に入れる。入れた瞬間、麻衣子がきつく締めつけてくる。麻衣子の足で繋ぎ留められる。解放されていく。僕が。

「いや、ああ、また、……恥ずかしい」

「麻衣子、麻衣子」

「いっちゃう。……いやあああああ」

　僕は夢中で身体を動かし続ける。麻衣子は何度も僕の性器を締めつけ、その度に性液が溢れ僕やベッドを濡らしていく。

「麻衣子」

「あ、あ」

「何で、顔を逸らすんだよ」

「あん、ああ！」

「……逸らすなよ」

身体を動かしながら、麻衣子の顔を僕に向けさせる。思った通りだった。喘ぎながら彼女が僕を真っ直ぐ見る。彼女の目から涙が流れていく。

「……そうか」

僕はなおも身体を動かす。麻衣子が酷く喘ぎながら泣く。

「何で、こんなことに、気づかなかったんだろう。……きみは、やっぱり、ハア、僕と、こんなことを、したくないんだ」

「あん、あああ」

「ハア、つまり、僕はきみを、ずっと強姦していたことになる。……そうだね？」

麻衣子が喘ぎながら、僕を哀しげに見る。

「でも、きみは、嫌だから、泣いてるわけじゃない。……その涙は」

──お前に同情してるんだよ。

背後に硬い感触がある。後頭部に、銃を突きつけられている。僕は麻衣子の中で動きを止める。部屋のエアコンの音が、カタカタと古びた音を立てている。酷く驚くのが普通なのに、落ち着いている自分を不思議に思った。

「そうか」僕は背後の男に言う。「……全部、いや、……半分わかったよ」

麻衣子が泣いている。

僕は緊張もしていない自分をなおも不思議に思う。後頭部の銃口は動かない。

「……俺が、伊藤亜美に似た女を殺していれば、俺は、助かったんだな？」

──……そうだ。

神でも見るように、ラブホテルの薄汚れた天井を見上げていた彼女を思う。彼女は殺したくない。こうなるしかなかったのなら、彼女より僕の方がいい。

「でも」僕は大きく息を吸う。背後の相手を見ないまま。「指がないのに撃てるのか？」

──何を見てたんだ。俺にないのは中指だけだよ。

「動いて」

麻衣子が言う。泣きながら。

「気持ちよくなって、最後に」

僕は身体を動かし始める自分に驚く。恐怖のない自分にも。自分が何かから遊離していく。快楽が突き上がる。この世界のことなど、どうだっていいほどに。

「……そうか」僕は微笑みながら呟いている。

「俺は母親を、ずっと肯定したかったんだ。そして」

──射精まで待とうか？

僕は苦笑する。

「はは、……でも」

銃口が後頭部から離れ、こめかみに当たった瞬間激しい熱を感じた。渦？　ベッドのシーツが渦のように歪《ゆが》んでいる。面前に迫り埋まった瞬間、自分の首が、奇妙な角度で折れたのを感じた。血で顔が濡れていくのに、なぜか痛みがない。僕の本質、僕の存在、……まだ意識がある。考えたら、いけない。視界がなくなっていく。死ぬ恐怖が、せり上がってくる前に、何か、早く、別のことを。──誰か／。

第一部　完

年老いた男が、チューブに繋がれ仰向けになっている。病院のベッドで、いま命を失おうとしている。

部屋の照明に目の焦点が合わず、光が間延びしてぼやけていくのを不思議に感じながら、男は昔のことを思い出していた。男がまだ五十代の医師だった頃、自分の勤める精神科に来院してきた少女のことを。少女には自傷の癖があった。

「……このお人形を、君にあげよう」

なぜあの時、自分はそんなことを言ったのだろう？　男は思う。当時、男は妻子がいたが、なぜか何年か振りというくらい、とても強く性的に動揺していた。街を歩いていた時、露出の多い女を一瞬、ただ性的に見たというのとはやや異なる視線で見たことがあった。自分の視線には、何か暴力的なものが含まれていた。女が風俗店に入っていったのを見、微かに緊張した。あの店に入れば。性産業についてよく知らない男は思った。あの女に余分に金を渡し、たとえば髪をつかみ、嫌がるのも構わず無理やり後ろから――。だが生真面目だった男は苦笑し、その店を通り過ぎる。日常の中にふと入り込んできた、ささやかな一瞬の揺らぎ。すぐに忘れたはずだった。

男は少女に、病院にあった、麻の布でつくられた女の子の人形を渡していた。その人形が、あの街で見た露出の多い女を、なぜか連想させたのだろうか。

「それはね」

少女の腕の痣《あざ》を見ながら、優しく言う。

「君の中にある攻撃衝動が、自分に向かっているんだ。……だから、これから自分を攻撃したいと思ったら、……このお人形にするといい」

少女は美しかった。自分に小児性愛の傾向などないのに、男は少女の痣をいつまでも見ながら、胸がざわついていた。時々、こういう少女がいる。男は思う。その将来を不安に思うほどの、危ない少女。まだ十一歳であるのに、あまりにも美しく、性的な予感が幼い身体から滲み出しているような。

少女が再び来院してきたのは二週間後だった。男は人形がどうなったのか少女に聞く。少女は澄んだ表情をし、腕には痣がなくなっている。

「……これ」

少女の人形を見、男の顔から表情が消える。人形には、無数の針が突き刺さっていた。もうこれ以上、刺さる場所がないほどに。

「でも、このお人形」少女が言う。

「……可哀想」

男は自分の動揺を、仕草や声色に出さないように努めた。少女は、本当に気の毒そうに人形を見ている。針を刺したのは自分なのに。何か、自分はまずいことをしたのではないかと男は思った。何か、よくない治療のきっかけを、彼女にしてしまったのではないかと。

でも男は、ややぼんやりしながら、それでいいと思っていたのだった。このような美しい少女が自分を傷つけるくらいなら、他が傷つけばいいのだと。たとえそれが、この世界の全てだったとしても。

男は今、命を失おうとしながら、あの少女が病室を出ていく姿を思い出している。思い返せば、自分の人生には特別な激しさがなかった。トータルで見れば絶対に幸福だったが、自分の人生が向かっていたしかるべき流れから、一度も逸れたことがない。呼吸がいよいよ苦しくなり、男は何度も押していたナースコールの手を急に止める。彼女は？　誰だろう？　まるであの時の少女が、本当に、この病室から出て行こうとしているのが見える。どういうことだろう？　少女がドアの向こうで立ち止まり、別の部屋の暗がりに消える前に振り返る。自分を無表情に見ている。

「……入る？」

少女は言うが、男にはもう意識がない。

「入って、何かする？」

信号が変わり、男はゆっくりアクセルを踏む。なぜ自分が今、こんな深夜に運転しているのかわからない。

見慣れない道だ、と男は思う。せめて周囲が明るければ見当もつくが、広い道路に出ることができない。

昔、占い師に、あなたは少し霊感があると言われたことがある。だが男はこれまで幽霊を見たことはないし、いわくつきの建物や道に入っても、何かを感じたことがない。だが、いま思いがけず湧き上がってきた思念に、男は不安を覚える。もちろん、近頃は毎日のように、それは考えていることだった。だが、今この時、待っていたかのように浮かんだのが、不吉に思えたのだった。あの少女は、自分の車に乗ったことがなかった。

高校で臨時の歴史の教師をしながら、隣町まで出向き、SMクラブに通っていた。指定された金を払い、プロのM女を、指定された範囲内に責めていく。物足りないと思いながら、でもこれくらいが丁度いいとも思っていた。逸脱した性は、ファンタジーの中でいい。だがその店のオーナーから、一人の少女を紹介された。まだ十七歳という彼女は、あまりにも美しかった。

「こういうことに、興味があるそうです。お客さん優しいから、ちょっとだけ、どうですか」

自分が教えている高校生達を、その彼女達の露出した生意気な姿態を連想したわけではない。男が教えていたのは男子校だった。男は安くない金を払い、少女を買った。それから何度も、その少女を買うことになる。終わる度にタクシー代も出そうとしたが、少女はいつも歩いて帰った。

麻縄で縛り、軽くムチを当てていく。少女は身を震わせ喘《あえ》いだ。許して下さいと懇願するように、でも惹き込むように。男は何度も少女を犯した。

そのうち、手を縛るだけで、ただセックスのみをするようになる。SMなどより、その方がよくなっていた。少女の白い身体を、むさぼっていく。この身体があれば。男は借金をしながら、少女とホテルで密会し続ける。日常は妻子とまともな人生をむさぼり、週に一度の夜には、異常な人生をもむさぼる。金の問題さえなければ幸福だ。そう思っていた。妻の両親が金を出し家が建ち、家族で新しいバルコニーに出て歓声を上げたその夜、妻に写真が送られてきた。自分が狂ったように少女を犯している写真。少女の顔は黒く塗り潰されている。プロが撮った写真ではない。あきらかに、自動シャッターで稚拙に撮られた写真。

家庭は崩壊し、写真は学校にも送られ職を失った。逮捕されなかっただけ幸福だ、と言ったのは教頭だったか教育委員の人間だったか。彼らは激しく男を非難しながら、その目にはどこか嫉妬の色があった。少女をホテルに呼び出す。少女が笑みを浮かべていた。

「……ごめんなさい」

「え？」

「お仕置きだね？」

何を言ってるんだ？　男は思った。俺は、君の行為で全てを失った。お仕置き？　そんなことで、済むと思っているのか？　そんなことで？

男は少女を縛り上げた。少女が最も恥ずかしいと言っていた、剝き海老転がしの形を久し振りにつくった。腕を後ろで縛り、胸部にも回し美しい乳房を持ち上げるように挟み、正常位の姿勢で足を交差し縛り、性器を剝き出しにしたまま固定する。

「あん、あ、ああ、あああああ！」

その夜、男はその状態の少女に自分の全てのＳＭの道具を使い、自分の全てを解放することになる。何度も射精した。最後の射精の時、少女を殺したのだと思った。

男の知っていたSMは、女性を「調教」するものだ。女性の秘められた、やや逸脱した性を、その相手の女性と共に引き出す行為。だが、男は自分が引き出されてしまったのを知る。自分の暴力的な性の傾向が、ここまでとは思っていなかった。自分自身に、目を背けたくなるほどに。

少女はしかし、まだ不満そうだったのだ。殺したと思っていたのに。でも優しさからか、少女は果てた男をつたない言葉で慰めた。バテていたのは男の方だ。男は茫然としながら少女を眺め続ける。

少女とはそれから連絡が取れなくなる。少女にはどうやら、他にも男がいたようだった。最後、少女が自分を残し、どのように部屋を出て消えたのかどうしても思い出すことができない。男は塾講師になったが、噂が辿り着き免職される。派遣での運送や客引きの仕事をしながら、やがてパチンコ店の正社員になった。妻と復縁はできないが、年に一度だけ息子にも会えるようになった。あれから様々に女性を買ったが、あの時ほど我を忘れたことがない。自分はもう、残滓ではないかと男は思う。自分の中の何か重要なエネルギーが、少女を通じ、何かに捧げられてしまったのではないかと。

でも、と男は不思議に思う。人生は崩壊したのに、自分はあの時のことを少しも後悔していない。死ぬ前に思い浮かべるのは、きっと少女とのあの夜だろうと男は思う。広い道路を見つけ、男は安堵する。右から突然、スピードを上げたトラックの光が見えた。

第二部

1

「つまり、事件は解決したわけだ」

署長が言う。無表情で。禁煙の署長室で煙草を吸いながら。唇だけを歪めている。

「吉川一成《よしかわかずなり》という身元不明の縄師を……、うちの刑事、富樫幹也《とがしみきや》が殺害した。富樫は吉川に、何かで脅されていたという。富樫は吉川を殺害後、警察のものとは違う、どこかで手に入れた銃で自殺。自殺に選んだ場所は郊外の池のほとり。こめかみを自分で撃ち、そのまま池に倒れ沈んだ。この捜査一課の結論……、あり得るか？」

「ないですね」

そう答えると、署長が気づき、私にも煙草を吸えと仕草で促した。

「葉山《はやま》。お前の見方は」

私の煙草で部屋がさらに煙に包まれ、白く霞む。近くの人間が死んだ後も、続いていく世界。富樫が経験することのなかった日付。景色。

「富樫は刑事です。……吉川を殺害したなら、せめて強盗に見せかけるなど細工をします。吉川は偽名で身元も不明。そんな男を殺しても、死体さえなければ行方不明で届けが出ても、警察が真面目に動かないことくらい知っている。そもそも死体など残しません」

「でもお前、勘づいていたんだろう？　あいつがおかしいと」

「初めは些細なことで、今思えば、という程度です。……あいつは煙草のパックを持ったまま、吉川の死体の現場検証の部屋から出て外で煙草を吸いました。そういう癖でもあるのかと思いましたが、その後何度見ても、あいつはまず外に出てから、普通に煙草のパックを取り出して吸う。……そもそも、煙草を吸いにいくなら、さぼるのだから何気なく外に行きます。わざわざさぼるのを示すように、煙草を持ったまま外に出る奴はいない。なぜポケットから煙草を出したか。動揺して普段と違う行動を無意識にとったか、自分がポケットに手を入れた行為を誤魔化すためです。何かをあの場で、ポケットに入れたのかもしれない。でも吉川の死体は死後二日経過していたから、何かの証拠を処理する時間などいくらでもあったはず。富樫はあの時、現場から何かを察し、動揺したまま犯人を咄嗟《とっさ》に庇った。私はそう見ています」

言い終わる。聞いた署長は満足そうだ。

「お前が見つけた部屋に富樫の靴があった。死体の匂いを嗅ぎ、誰のか不明の雑な遺書もあったと言った。でもその部屋を捜索しても、まるで引っ越した後のようにあらゆるものがなくなっている。部屋の名義人は吉川一成。偽名のまま借りている。つまりあいつには二つ住処《すみか》があったわけだ。これをどう見る？」

「わかりません。ですが、富樫が靴を残したということは、窓から出たということです。理由は当然、富樫がその部屋にいた時、誰かが来たからでしょう。吉川はもう死んでいるのに、部屋に誰かが来た」

署長の机の上の、ビニールに入ったままの富樫の遺書。パソコンのワードで書かれたもの。

〝全て私がやりました。吉川一成に脅され、彼を殺害しました。何を脅されていたかは言えません。私には皆に隠していた闇があります。私がコントロールできないこの闇も、私の死と共に消えるでしょう〟

富樫がむかし健忘で入院していた履歴が明らかになり、富樫の側で見つかった白く塗装されたブロンズの鳥の置物からは、血は拭き取られていたが確かに血の痕を示すルミノール反応があった。吉川を殺した凶器であるのは間違いなく、富樫の指紋も出ている。でも指紋などは、後からどうにでもなる。

遺書が煙草の煙と共に白く揺れていく。ビニールに包まれた遺書が窒息していくと見えるのは、緊縛が絡むこの事件に関わっているせいかもしれない。コンタクトレンズを変えたせいか、目が乾く。何度か目を閉じ視線を戻すと、署長が私を凝視している。

「……捜査一課の連中は、しかし俺らの意見など聞こうともしない。警察という身内の人間が犯人なのに、事件を終わったものにしようとしている。ほら、今世間を騒がしてる〝コートの男〟事件があるだろう？　あの通り魔事件が複雑になってきたらしくてな、あの班は数日前、応援に駆り出されたらしい。……でもそれだけじゃない。あいつらの態度が急に変わったのは、伊藤《いとう》亜《あ》美《み》と思われる過去の死体写真を見てからだ」

署長の声が小さくなる。

「まるで、関わるのを避けたがってるように見えたよ。つまり、これはつかない方がいい何かの事件と関わっているということだ。……お前は前に捜査一課にいた。あいつらに恨みもあるだろう？　そして俺はもうすぐ定年で、警察の天下り先などに再就職するつもりもない。俺はバツ2で子供はいないし、よくあるように息子や娘が刑事だったりもしない。定年後はスナックの女将と悠々自適に長崎に移住するつもりだ。……つまり」

署長の言葉に、思わず口元に笑みができていた。これまであまり話したことがなかったが、彼は奇妙な男に見える。私は捜査一課に恨みなどないが、元々この事件を終わらせるつもりもない。

「葉山、この事件について動け。責任は全部俺が取る」

「はい」

うなずいた後、呼吸を整えていた。

「富樫は自殺現場に下見に行ってますが、死体の消えていた部屋のことも含め、私は富樫が何かに誘導されていたと思います。この犯人像は奇妙です」

「……どんな」

「初めは、複数の人間が、誰に罪を着せるか争っているように見えました。しかし、そうではない気がしています。全てが一人の内面、……ゆらゆらと揺れるというか、全体的に、現実感がないというか、現実というものを軽視するような虚無。……そんな印象を受けます」

「……なぜ」

「私がそうだからです」

私の言葉に、署長が小さな笑みをつくった。私の右手の透明の数珠に、一瞬視線を向けた。

「わかるような気がするよ。俺にこんなことを命じられて、少し驚いてるんじゃないか？　俺の噂は聞いてるだろ。実直な仕事、よく言えば真面目だが面白味のない上司。……そんな風に聞いてたんじゃないか？　確かにそうだった。でも数年前からね、少し変わったんだよ」

「なぜです？」

思わず聞いていた。それほど興味もないのだが。署長が煙草の火を消す。寂しげに。

「飽きたんだよ。このままでいることに」

2

　ドアを開けた桐田麻衣子《きりたまいこ》が、脅えながら私を見ている。

「事件は終わった。そう思ってるんだろうが、実は全く終わっていない。お前の指紋が必要になった」

　言っている途中で、私が開けたドアが背後で閉まる。桐田が立ったままこちらに顔を向けている。身体《からだ》に張りついた紫のスウェットに、ベージュのカーディガンを羽織っていた。玄関には、彼女に似合わないスニーカーが並んでいる。

「まだ捜査はお前に向かっていない。でも俺はもう確信している。……あの部屋からお前の指紋が大量に出るはずだ。何かのＤＮＡも」

　そう言い、シートを出した。指紋や掌紋を採取するシート。

「取りあえず手を出せ」

桐田の手をつかむ。暴力的になるのを意識しながら。桐田が抵抗したさい、そのまま壁に桐田の身体を押しつけた。被虐的な、悲痛に包まれた表情をしている。美しい。

「……でもお前を、匿《かくま》うことも、できるんだが」

桐田が私を見つめている。涙を浮かべて。シャワーを浴びた後。髪が少し濡れている。

「……私に指紋はありません。掌紋も」

「やはりそうか。前にお前から話を聞いた時、俺がバッグを一瞬忘れお前に取ってもらっただろう。あのとき指紋を採取したができなかった。でも富樫はお前の指紋として、別人のものを提出している。……なぜだろうね」

「……全部、話します」

桐田が私を部屋に招き入れる。彼女の髪から濃く甘い匂いが伸びた。テーブルの上は片付いている。相手の許可を得ず、煙草に火をつけた。ここには煙草の匂いがするから。この女は吸わない。別の誰か。

「……私が、風俗の仕事をしていたことは、前に言いましたね?」

「ああ」

「私は、あの死体の人、吉川一成のお相手をしたことがあります。そこで、アルバイトを持ちかけられました。……高いお金で、別のお客と性行為をしろって。それをビデオに撮れと言われました」

桐田の眼が揺らぐ。まだ怯《おび》えている。

「私は断りましたが、そうすると、吉川は私を脅しました。一度でいい。その客を相手にしてビデオに撮れば、もう付きまとわないと言いました。……その言われた客は清潔そうな人でしたし、仕方ないと思いました。だから相手をして、ビデオを撮って。……でも、それがまさか富樫さんという刑事とは知らなかったんです」

桐田の声が震えていく。演技に見えないことに、私は少し驚く。

「吉川は、そのビデオで富樫さんという刑事を脅していたそうです。何かの捜査情報が、欲しかったのかもしれません。私にはわかりません。富樫さんは私の所に来ました。私を警察から隠すって。私の名刺があったからマズイって。だから勝手に、私の指紋を別の人のものと替えたって。……私に指紋はないのに。私はもう、関わりたくなくて、もう考えたくもなかったので、何も言いませんでした」

「なぜ指紋がない？」

「死のうと思って、死にきれなかったからです。そういう手術があると聞いて、興味本位で試しました。タトゥーを入れる感じに。何者にもなりたくない。そう思ったんです。……富樫さんが脅された映像が、これです」

桐田がUSBメモリを取り出す。真新しいノートPCに差し込む。端子が差し込まれる時、PCが震えた音を出した。

映像は途中から。桐田の上に、富樫が覆いかぶさっている。音はない。桐田は乱れながら、時々横を、カメラの方を見ている。隠し撮り。映像は短く、急に終わる。

富樫はこの女としていたのか。安堵している自分に気づいた。してもいない女に騙されて死ぬほど、惨めなことはない。していたのなら、ある意味仕方ない。こう思うのは妙だろうか。

「……無駄だよ。今の映像で、もうお前が完全に嘘をついていることがわかる」

「……え？」

「あの映像の富樫の靴下を見るといい。かなり汚れている。あいつがお前の元に、靴を履かずに行ったんだ。気づかなかったか？　そういう日があったはずだ。そしてあいつが靴を履いてなかった日は」

桐田を正面から見た。

「吉川がもう殺された後だ」

桐田が笑みをつくった。やはりそれほど効果は期待できない。

「……でもそれは、証拠にならないですよね。たまたま靴下が汚れていただけかもしれないです。その日と断定できない」

「そうだ」

「そしてあなたは、最初から私を論破しようとしていない」

内面が騒ぐ。桐田がじっと私を凝視していた。美しい大きな目。やり方を変えるしかない。あきらめた息が私の喉から漏れていく。

「……お前は何も、こんな下手な言い訳を俺にする必要はなかった。自分の指紋を別の人間のものとして富樫が提出したことなんて、知らないと言えばよかっただけだ。富樫が怠けたとか何でも言える。なのにこんな性的な映像まで見せて、ストーリーをつくったのにはわけがある」

呼吸を静かに整える。今日はしゃべり過ぎている。

「そもそも、この映像は吉川が死んだ後。お前は富樫に抱かれながらカメラを見ている。つまり、別の誰かのために、この映像を撮っている。……そして今度は、その誰かに言われたんだ。面白い刑事がもう一人いる。そいつを誘惑しろと。俺が思う犯人像はそんな感じだ」

「だから、あえて罠に乗ってきた、ということなんでしょうか」桐田が言う。私に合わせる様子で。「でも、無理だと思ったのですか？　いえ……違いますね。どうなんでしょう、途中から、考えが変わったのでしょうか。最初は、私を抱こうとしたんでしょう？　それで、私にはあなたが何を言ってるのかわからないけど、私の主人のような存在に、取って代わろうとした。この事件を解決するには、私の自白と裏切りが手っ取り早いとあなたは思ったから。変な刑事さん。……でもまだ、諦める必要はないかもしれませんよ？」

「ん？」

「もう一度、見ます？」

「何を」

「私が富樫さんに犯されてるところ」

私はどのような表情をしているだろう。桐田が笑みをつくる。ベッドの方へ移り、引き出しから縄を出した。

「緊縛の歴史は……日本発祥で、侍達がいた江戸時代にさかのぼるそうです。元々は、罪人を縛る捕縄術が起源……。あらゆる流派が生まれて、罪状とか、罪人の身分などで、縛り方を変えたりしたんです。日本人は、縛るという行為に異常なこだわりを見せる」

照れた様子で、桐田がカーディガンを脱いだ。タンクトップの上から、胸の膨らみが明確にわかる。紫の下着が透けている。縄に指を絡めていく。

「……罪人は見世物でしたから、縄で縛られた女性や男性に不思議な魅力が宿ることに、江戸の町の人達は気づくようになりました。彼らは曝《さら》されたから、人々は見上げる形にもなった。……縄での拷問もあった。自白を取るために縛る責め縄」

桐田が縄を、自分の身体にゆるく巻いていく。ふざけた様子で。

「……それを日本の劇の一形式の、歌舞伎が演じたんです。今の歌舞伎の役者は女人禁制ですが、昔の歌舞伎は女だけがやる劇でした。やがて歌舞伎の中で、男女が縄で縛られ、拷問を受けるシーンに人々は興奮するようになった。……だから」

桐田がまた笑みをつくる。

「初めにあなたがそうしようとしたみたいに、この縄で、私の自白を取れるかもしれないですよ？　いじめて、犯して、私が我を失って、私が主人をあなたに代えたら、……試してみます？」

私は桐田を見ている。縄が、笑みのままの彼女の身体に伸びている。この女は、何だろう。無邪気なように見えるのに、そうとも言い切れない。彼女の姿を見ながら、まだ自分を、微かに動揺させるものがあることに気づく。そのことに、喜びより喪失を覚えた。

「やめとくよ」

「どうして？　自信がない？」

「お前から自白を取ることになれば、俺はお前の人生に深く関わることになるのに気づいてね。どうやらお前は、俺が思っていたより大変な女だ。……もうやめたんだよ、人の人生に深く関わることに」

そう言い、桐田の横を通り過ぎ、ベッドの真横のクローゼットを開けた。クローゼットの扉には、通気口を兼ねた細長い穴の模様がいくつもある。当然のように中にあった小型カメラに向け、小さく呟く。

「だから俺は、別の角度からお前を見つけることにするよ」

私は以前は、犯人と様々な関係性をつくり、逮捕することがあった。だがもう、やはりそれはできない。

携帯電話が振動する。薄暗い場に生きる〝情報者〟達の一人から。刑事にはそれぞれ、こういうツテがある。暗闇に手を伸ばすために、暗闇を使う。

――吉川一成って男が出てるビデオ、見つかりましたよ。マニアックなレーベルでしたが。

「送ってくれ」

――はい。でも、……これヤバイですよ。あいつは普通じゃない。

3

巨大なスクリーンに、吉川一成と伊藤亜美が映っている。

富樫と市岡《いちおか》が最初に聞き込みをした、ハプニングバーのオーナーの男。この映像を見、吉川の流派を教えてくれと頼んだ。明日に凝ったイベントがあり、ちょうど映像のテストになるとオーナーの男は笑顔をつくったが、次第に表情が緊張を帯びていく。

「これは、インディーズのアダルトビデオメーカーに持ち込まれたものになる」

私の説明に、オーナーの男がうなずく。

「その買取人に、吉川は妙なことを言っていたらしい。……紐は、放っておけば自然と絡まっていくと。結んだ記憶もないのに、結び目がいつの間にか出来ていることがあると。……電気コードなどなら、確かにそうだ。だから紐と一緒にたとえば棒でも箱に入れていたら、紐は自然とその棒に絡みつくだろうとね。……紐はそうできている、縄も同じと言うんだ。……あなたにはわかるか?」

一つ目の映像は、アダルトビデオを真似している。縛られた伊藤亜美を、バイブレーターで吉川が責めている。性的な行為だが、伊藤も吉川も気だるそうに見える。仕方なくやっている、という様子だった。問題は二つ目だ。

吉川が、伊藤亜美の身体に、無造作に縄を巻きつけていく。規則性もなく、出鱈目に乱雑に絡めていく。縄が女に対し自然とそうなっていくとでもいう動きで。そしてその縄の先を天井から吊るされた横棒に通し、突然、縄に吉川が体重をかけ伊藤亜美を吊った。

身体中を無造作に縛られた伊藤が、斜めに宙に吊り上がり苦痛の声を上げる。伊藤の細い身体が凄まじい勢いで絞められていく。縄をつかんだ吉川は無表情だ。だが、静かに何かが、吉川の内面を震わせていると見える。

「……こんなもの、緊縛じゃない」

オーナーの男が言う。声には怒りがこもっている。

「何だこれ、……イカレてる。……こんなもの」

「……確かにこれは、俺が知ってるのとも違う。一度、見たことがある」

私はそう言ったが、オーナーは怒りを抑えられないのか、目の前の酒を飲んだ。私は続ける。

「あなたと違って俺は素人なんだが。……海外でもショウをする、有名な緊縛師のショウを見たことがあるよ。着物を着た美しい女の身体を、しっかりと、丁寧に縛っていた。……女は切なげにというか、やや苦しい様子で縄を受けていた。縄師が縛ったままの女の着物をはだけさせ、肩や鎖骨や胸が露わになると、女は羞恥に身体を揺らして、自分の身体を人々に曝した男を恨めしそうに見た。観客達の眼の全てが、女の身体に注がれていた。……やがて身体が吊られると、女には瞬間恐怖のようなものがよぎって、しかし縄師の技を全面的に信頼して身を委ねていると見えた。次第に堪えるというか、女の吐息が静かな音楽の隙間から聞こえてきた。……縄師はほとんど女の身体を触らなかった。ただ縄で抱き締める様子で、愛撫する様子で縛っていくだけだった。やがて我を忘れた表情で女が泣き始める。取り乱しはしない。節度を保っている。痛くて苦しいから泣いているのだと思ったが、どうやらそれだけとは言えなかった。泣くと気持ちがすっきりすることがあるが、女は縛られながら何かを解放していた。さらに縄を我慢する健気さとか、自分が身を委ねている相手に対する恨めしさとか信頼とか、自分をこれほどまでにかまってもらえる喜びというか、感謝というか、……一つの感情じゃなかった。つまり愛だと思ったよ」

オーナーはまだ、映像の吉川を睨むように見ている。

「場の中心は、女だった。被虐の状態にいるはずの女を、観客達が、仰ぎ見ながら、尊敬する様子で見つめ始める。何て言えばいいか。奇妙な逆転が発生していた。四十人くらいの小屋だったが、半数以上の客が涙を流していた。……終わった後、縄師は急いで女の縄を解こうとした。早く楽にしてあげようという、それも愛情に見えた。……終わった後、女は涙を流しながら男にしがみつき、男もそれに応える。……圧倒されたよ」

オーナーの男が、こちらを凝視した。私の意見に賛同してくれたかはわからない。

「一言でSMと言っても様々なものがあるように、縄も同じで、様々な種類の縄のやり方があります。……あなたが見たそれは、大枠で責め縄と呼ばれるものでしょう。……多くの縄師は、凄いのは縛られる側の女性であって、女性によって、ショウの出来不出来が大きく変わると言います。……まあ彼らなりの謙遜もあるでしょうが、そういった女性の凄さを引き出すのも縄師の仕事。一番よくないのは、俺が俺がというような、自分本位の縄師です。縄師はあくまで脇役なのです。……でもこいつは何だ？　女性本位でも、自分本位でもない。……縄に狂ってる。縄に促されるとか言っていたことがあったが、……まさかここまでとは思いませんでした」

映像が終わる。スクリーンが再度白くなる。

「……誰かのやり方にあからさまに似てるとかでないと、その縄師の師匠が誰かはなかなかわかりません。……ただショウを観たりビデオを観たりして、影響を受けただけの可能性も大きいですから。……でもこのビデオには強い神道趣味がある」

確かにそうだった。吉川の衣装は少し宮司を思わせるし、天井から吊られた横棒はどこか鳥居を思わせる。背後には粗末な鳥の置物まで。鳥は日本の大麻草の起源に関わっている。

鳥……。死体の吉川の髪は短かったが、映像の彼の髪は長い。もし吉川がそこまで歴史に溺れていたのなら、彼の太ももには古傷があったが、それは自らつけた可能性がある。足で言えば、死体の彼の足はやや曲がり過ぎていた。関係があるだろうか。

「あと彼の服装と、ショウに入る前の仕草がある縄師に似てますね。……それほど有名ではないが、一人心当たりがある。確かもう亡くなっているが、……ちょっと待ってください」

オーナーの男がPCを操作し始める。中になかったのか舌打ちし、奥の部屋からハードディスクを持ち出しPCに繋ぎ、長い指でキーボードとマウスを操作し探していく。やがて画面に緊縛のショウが映し出される。画質の悪いライブ映像。どこかの店。確かにこのショウにも神道趣味がある。

「そう、この縄師の、……ん？」

縛られようとしている女が、一瞬、伊藤亜美に見えた。でも違和感がある。縛ろうとしているのは、見たことのない初老の男。

「何だ？　この女性、さっきの女性に似てる。……いや」

オーナーの男は、私の認識と同じことを思っている。そうだ、この女は。

「……違いますね、違う女だ」

伊藤亜美に似た女？　胸がざわついていく。意味がわからない。

4

ウイスキーのグラスに乾いた口をつけ、カウンターに乗せた腕に身体をあずける。

この曲は、何だったろう。ピアノトリオのジャズ、アップテンポの曲。次どうなるかわかるが、曲名とピアニストの名が出てこない。

「……どうぞ」

マスターが、私の前にクロックムッシュを出す。当然メニューにない。迷惑そうだ。

「それほど、私のが美味しいとも思えないんですけどね。……挟んでるものだって、そこのスーパーの」

「やめてくれ。聞いたら幻滅しそうだ」

物凄く旨いわけでないが、何というか、安心する。

伊藤亜美に似た女。姉妹のようには、なぜか感じない。画質の悪い映像だから似てるように見えるのか。実際に並べて見比べたら、違うのかもしれない。

その緊縛師はやはり死んでいるらしいが、弟子が生きていた。刑事の私が接触すれば、相手も警戒する。ハプニングバーのオーナーの男に、仲介を頼んだ。返事はまだ来ない。

「……捜査中ですか？」

「ん？　ああ」

「楽しそうじゃ、ないですね」

私はマスターに視線を向ける。六十手前にしては、相変わらず若く見える。

「捜査なんて、楽しいもんじゃない」

「いえ」

そう反応し、なぜか笑みを見せた。

「前までは、活き活きしてるところがありましたよ。……それはそれで、健全でない感じでしたけどね」

年月とともに、自分が固まっていく。正確にいえば、より自分らしくなっていく。人に会うのは面倒だし、好きなものも限定されていく。たとえばこの手のジャズと昔のロック。クロックムッシュとチーズ・ステイク。具のない白の味噌汁。地下にあるバー。機械式時計。映画館は禁煙になり行かなくなったが、DVDはたまに見る。時々小説。だが監督も作家も、ふれたくなるものが限られている。服の趣味が昔と変わったのは、倦怠の証拠かもしれない。日常からやや外れたものを、身に着けると安心する。

捜査を好んだか、わからない。だが少なくとも、引力があった。犯人との関係を構築しながら、追い詰めていく感覚。困惑し、脅える相手の表情。もう逮捕できるのに、あえて引き延ばし、その時間を味わう。その感覚は年月と共に徐々に消え、今はもうない。いつからだ？　きっかけが多過ぎる。

不快へ感情が落ちる。何かを思い出す予感がし、意識を逸らす。浸るためにここにいるわけじゃないはずだ。

「最近、……記憶力が、下がってきましてね」

マスターが言う。私の表情を見たのだろうか。話しかけ、さらにCDをかえた。レコードじゃなくて悪かったね、と以前何も言っていないのに言われたことがある。私は別に、レコードでなくていいのだが。

「どこかで見た顔だな、としばらく考えて、ようやく思い出したら、その人物とはとても嫌な思い出がありましてね。……そのまま思い出さなければよかった、と感じましたよ」

対峙したさいの、富樫のヒステリックな笑いが耳をかすめる。あいつは思い悩む性格であるから、本人が気づいていたか知らないが、他者の弱さにも敏感だった。

だがあのように思い悩む人間を、嘲笑する風潮が社会にあるらしい。神経が太く、冷酷なのだろうか。思い悩む精神の体力がないために、他人がそうだと苛《いら》つくのだろうか。富樫は欠陥が私と同じで多かったが、少なくとも、何かを傷つける言葉を、いちいち撒き散らす馬鹿ではなかった。

特別距離を縮めようと思わなかったが、私は富樫が嫌いでなかった。

オーナーの男から、何か連絡が来てないか。携帯電話を確認すると、着信が残っていた。桐田麻衣子。私はかけ直す。三十分前の着信だった。私がバーに入った頃だが、気づかなかったはずがない。

七回のコールの後、彼女が電話に出る。

「……どうした」

「すみません。……繫がる前に切ろうとしたのに、繫がってましたか」

「お前」

私は目の前のウイスキーを、飲もうとしてやめる。

「……泣いてるのか?」

「すみません。もうやらないです」

彼女はそう言い、電話を切った。かけ直しても、彼女は出なかった。

5

部屋に入ってきた女は私を素通りし、突然服を脱ぎ始めた。

伊藤亜美より若いが似ている、と思う。すでに死んでいた映像の初老の緊縛師、その弟子の知人がこの女を知っていた。ハプニングバーの男は、仕事が速かった。会う段取りが決まると、ラブホテルを指定された。ああいう業界は、意外に思うかもしれないが、真面目な人間が多い。

「……やめろ」

女が動きを止める。

「俺は刑事だ。話がある」

女が私を凝視する。逃げると予想したが、ベッドに座った。

「……煙草、くれますか」

私が刑事と名乗っても、なぜか落ち着いている。煙草を渡すと自分のライターで火をつけた。下は紺のスカートをはいているが、上は青い下着のままで。

桐田麻衣子は煙草を吸わないが、なぜか姿が重なる。ここに来る前もう一度電話したが、桐田は私と普通に話した。明るいと言っていいテンションで。わからない。私は乱れる考えを止め、目の前の女に集中する。

「……念のため聞くが、お前は伊藤亜美じゃないな。名前はなんという」

「……山本真里《やまもとまり》です」

女は私から視線を逸らさない。

「この写真の男、吉川一成を知っているか。そしてこの隣の女は伊藤亜美という。お前に似ている。……どう思う」

「その男は知らないし、その女性も知りません。……何なのですか、今度は別の人から聞かれるのですか」

刑事がすでに？　富樫が、すでにこの女に会っていたということか？　富樫の写真を見せると女がうなずく。

「この男は、お前に何を？」

「同じです。写真を見せて、知ってるかと聞いて、私は知らないと答えて。……私のことを、ずっと伊藤亜美だと言い続けて、違うと言っても、信じてくれませんでした」

「他には?」

「突然眠りました」

「眠った?」

「眠りながら泣いて、また話して。……でもまた眠ったので、私は帰りました。……あの人じゃなくて、何で別の人が」

私も煙草に火をつける。意識的に息を整えた。

「あいつは、死んだよ」

「え?」

「自殺した。でも俺は殺されたと見ている」

私と最後に対峙していた時、富樫はポケットにずっと手を入れていた。中で拳銃を握っていたはず。撃ち合うわけにいかなかった。一度間を空けるしか方法はなかった。

女は一瞬表情を強張らせたが、その感情はすぐ引いた。奇妙なほど早い。私からやや目を外し、どこか遠くを見始める。ここではないどこかを。

「そうですか。……させてあげればよかった」

「ん？」

「いえ。あの人は不安定で色んなものを抱えてたから、……解放させてあげればよかった」

世界を侮辱する、派手な青の照明が女に光を浴びせている。

「……何か知ってるのか」

「ただ何となく、そう思っただけです。……あなたも同じ」

女の方にいきかけた顔の向きを戻し、彼女の服をつかみ投げて渡した。だが服を着ようとしない。

「お前は、もしかしたら殺されていたかもしれない」

「……そうですか」

「この吉川という男が殺害され、伊藤亜美という女が逃亡していたと所轄は見ていたんだ。伊藤亜美はもう死んでいたのにな。でも伊藤亜美に似たお前が、遺書でも残しどこかのホテルで自殺していたらどうなるか。この事件は解決する。富樫の性格次第では、お前は殺されていた」

女を見ながら、桐田に感じたのと同じように、美しいと思っていた。だが自分の中に、目の前の彼女を手に入れようと思う感覚がない。そういう感情は、自分の中で失われている。響子を失ってから、と言えば聞こえがいいが、そうではなかった。

「……私が帰った理由は」

山本真里が、また視線を私に戻す。

「また眠ったあの人が、彼女は殺せないと呟いてたから。誰のことかわからなかったですが、私のことかもとは思いました。……そんな人に、私の働くお店とかが書かれた手帳を見せられてたから……、気味が悪くなって」

「この字か？」

富樫の筆跡を画像で見せる。特徴的な斜めに傾く字。

「違う、と思います。もっと崩れてました。子供が書いたような」

「……ここを離れた方がいい」

「何でですか」

「これから捜査が進めば、恐らくお前にまた危険が及ぶことになる。今度こそ、お前が罪を被せられることになるかもしれない。携帯を出せ」

女が差し出す。奇妙なほど従順に。スマートフォンではなく、二つ折りの携帯電話。

「いくら旧式でも、こんなに分厚くはない」

女の旧式の携帯電話を、机に叩き付ける。武骨なカバーが外れ、中から小型のGPS発信機が絨毯《じゆうたん》に落ちた。ケースの内側に、セロテープで雑につけられている。

「お前の位置は、ずっと把握されていた。まあ、お前も気づいていたんだろうが」

＊

車に乗る。女は抵抗する素振りもなく、助手席に乗った。私に視線を留めたまま。やはり奇妙なほど従順に。

「広いところが苦手なんです」女が気だるく言う。「だから時々、発作的にタクシーを拾ってしまう」

女のGPS発信機は、部屋に残している。様子を見に来る者が現れるかもしれない。無駄に違いないが、署に連絡し見張りを頼んだ。

「これは、お前だな」

女にタブレットを渡し動画を見せる。もう死んでいる初老の男に、彼女が縛られている。私はアクセルを踏む。ひとまずここは離れた方がいい。

「……はい」

「なら次の動画を、どう思う」

伊藤亜美が、吉川一成に無造作に縛られ、吊るされる動画。伊藤亜美の悲鳴が車内に響く。苦しむとも、喜ぶともとれる悲鳴。

「……経験が、あります」

「本当か？」

「はい。一度、似たことをされて、驚きました。……普通の緊縛とは、全然違った。私は目隠しをされてたから、相手が誰か、わからなかった」

吉川の可能性が高い。

「縛られながら、その縄師さんに、何度も言われたんです。興奮した声で。……きみを捧げたいって」

「……捧げる？」

「埴輪は嫌いだ。でも服だけじゃ駄目だろうって。意味もわからなくて……、怖かった」

〃埴輪は嫌いだ。でも服だけじゃ駄目だろう〃。

「本当にそう言ったのか？」

「はい」

車を路肩に止め、市岡に電話する。

「伊藤亜美はどこに埋葬された？ 無縁仏のはずだろ？」

――なんだいきなり。

「いいから教えてくれ」

市岡が資料を出し、伊藤亜美が埋葬された場所を言う。寺だった。だがスマートフォンの地図を見て、私は決める。ここからやや遠く、県を跨《また》ぐ。直進せず、その場で無理にUターンした。

「お前、……整形しているな」

「はい」

「それは誰からの命令だ」

「……言えません」

車の速度を上げていく。だが今日中に恐らく着けない。

「なぜ」

「言ったら、多分私が死ぬから。でも……」

「ん？」

「もういいのかな、どうでも」

女が突然力を抜き、シートに身体を預けた。何かを見上げているが、頭上には車の天井しかない。消費社会を象徴する、Eクラスの天井。僅かな煽りも不快でむかし知人から買ったものだが、刑事には不釣合いな天井。私も飽きている天井。

この女の先、これから自分が対峙する相手を思う。自分と似た相手が、そこにいる気がしていた。

「富樫とはどういう状況で会った」

「……私は身体を売って生活してます。ある人から、ホテルを指定され行けと言われました。そうしたら、いたんです」

「つまり、その男にお前は命令されて、さっきの動画の男や、吉川にも縛られたわけだ。連絡手段は」

「私が普段働いてる、ヘルスのお店の店長からのメールです。その男から店長を経由した伝言で、私が直接メールを受けるわけじゃない。……あの時、ホテルで男に会えというメールでしたけど、いつもと何だか文面も違って、ある住所を伝えろとも書いてありました。伝える前に彼がまた眠ったので、彼の手帳に書きました。意味はわかりませんでしたけど。……何で伝えるのかもわからないし、深く関わりたくもなくて、ただ住所だけ書いて部屋を出ました」

「どんな住所だ?」

彼女が覚えている限りの住所を言う。そこから判断するに、恐らくあの池の場所だ。

「……でも、数日前から店長は姿を消していて、そのメアドも昨日消滅してます。多分ですけど、そのメアドを辿っても、店長にすら行き着かない。……私は、その私を飼っていた男と当然会ったことはありますが、名前を知りません。どこに住んでいるのかも。実はもう一年会ってない。特徴は」

女が短く息を吸う。さっきから、声がやや震えていた。

「指が一つないです。……中指」

中指? 私は記憶を辿る。そんな人間には会っていない。ハプニングバーのオーナーに指はある。もちろん桐田麻衣子にも。桐田麻衣子のアリバイ、それを証明したデリヘルのマネージャーにも、指はあった。金髪の、体格のいい若い男だった。

「整形の理由は」

「知りません。……風俗を転々としていた時、その男に会いました。彼は私の顔を見ると少し興奮して、驚いたみたいに、不幸な縁だと言いました。すぐお店に電話して、私をその店から引き抜いたんです。形成外科に連れられて、少しですが、目の形を変えられて、鼻の筋を高くしました。髪型も眉毛も服装も変えられた。でも、彼は不満そうでした。……私はしばらく、その男に飼われることになりました。……厳密に言えば、今でも」

この女の供述は、素直過ぎる。どこまで信用すればいいだろう。しかしこの女は、自分が素直に供述することに、自ら戸惑っている。泣くのか、と思った時、女が泣いた。

「……何だろう。やっぱりもう限界なのかもしれない」

声は一切変わらずに、女の目から涙が流れ続ける。

「限界なんて、もう過ぎたと思ってたのに。……私のような属性の女は、相手を見て、優劣をつけてしまう。犬みたいに。相手が自分より上か下か、感覚として、決めつけてしまうんです。あなたは」

女が泣き続ける。

「私を助けられますか」

6

ビジネスホテルに入る。ツインベッドの部屋は広くはあったが、やや古く、首がねじれたデスクランプに埃が積もっている。カーテンの折れ目の縁にも。建物の外観から、もっとましと思っていた。

「なんか、……汚い」

山本が言う。ベッドのヘッドボードに、染みの跡がついている。

「……多分だが、AVを見過ぎた男が女に顔射しようとして、避けられたんじゃないか」

「そう……なんですか？」

「……知らないけどな」

私はその見知らぬ女を、よく避けたとなぜか褒めたくなった。

「明日はやや遠くへ行くが一緒に来い。しばらく一人でいない方がいい」

「はい」

私がコンビニで買ったパスタを、山本は全て食べた。私がパスタと共に味噌汁を飲んでいるのを、無言で不思議そうに見ている。私が味噌汁の具を出し脇にどけている時は、眉すらひそめた。

「……疲れただろ。もう寝ろ」

女は戸惑いこちらを見たが、私がもう視線を向けないとベッドに入った。私はシャワーを浴び、コンビニで買った下着を身に着け、穿いていた下着はその袋に入れ口をきつく縛った。趣味の合わないガウンを羽織り、煙草に火をつける。女は寝ていた。照明の灯りを落とす。身体が冷えていく。

何かのざわめきが聞こえる。腰に痛みがあるが、青や紫の色の移り変わりを見ているうちに、やがて足の痛みを感じ始めていた。ベッドに移動したはずだが、椅子に座っている。靴下が独りでに脱げ落ち、しばらく這い、様子を窺いながら窓へ向かう。窓から出られず、困惑している。そうじゃない。私は思う。鍵がかかっている。鍵を開けなければ窓からは出られない。外は寒い。出た方がいいかはわからない。

――気にしなくていいのに。

響子の声。

――桐田さんの時も思ったけど。好みなんじゃない？　特に桐田さんは、あなたの世界と同じところに属する。

「やめてくれ」

姿は見えない。暗過ぎるわけでもないのだが。窓も色の残像も消えている。

――どうして？

「情けないからだよ。……俺がきみを呼び出してるんだろ？　意識で。俺はいま寝てるのか。煙草は」

――火は消えてるよ。

部屋の様子は薄く見えるが、身体が動かない。まだ椅子に座っているのか？　煙草は？

「また俺は、自分に都合のいい言葉を、聞こうとしている」

――言ったでしょ？　私はもういないけど、これが私の声じゃないとは限らない。

「きみは死んでる。知ってる」

――私はいなくても、これが私の声じゃなくても、これは私の声なの。

「わからない」

——手に数珠つけてるのに、理解できないなんて。気持ちは仏教徒なのに、ちょっといいスーツ着てるからだよ。

私は笑う。内面に、柔らかなものが広がろうとした時、突然それを止める感情が湧く。柔らかな感情が広がるのを許さない、条件反射の力学と言えばいいだろうか。自らそれを発生させた自覚がある。苦しくなる。だが苦しい方がいい。喘《あえ》ぎ声がする。誰だ？　そうだ、今——。

椅子の上で、徐々に身体に意志が通っていく。さっきまで見ていた部屋と同じだが、どこか異なる視界がある。暗がりの中、眠りから明確に覚める。女がベッドの中で喘いでいる。眠りながら。

「……あ、ああ」

何だ？　私は女を見る。この声は、さっきの夢の中でも聞こえていた気がする。

「ダメ、あ、あ」

女がもだえる。ベッドの中で。

「イヤ、お願い、イヤ、あああ！」

女が力尽き、動かなくなる。だがまた、声を小さく出し始める。

「あ、あ……」

「……どうした」

女が不明瞭な声を出し、身体を起こそうとしたが上手くいかず、再び背中をベッドにつけた。私を驚いて見、肩で息をしながら、頬に手を当てている。汗をかいている。相当な量。

「……うなされていた。何か飲むか」

「……いえ」

「俺ももう寝る。明日は早い」

私は自分のベッドに入る。だが女は身体を起こす。

「私が、その男に飼われてたって、言いましたよね」

「……ああ」

「調教、されていたんです。……イキやすい身体に、されました。……あの、大丈夫ですか」

「ん?」

「こういう、自分の想像や体験の外の話をされると、すぐ否定したり、なぜか怒り出す人が増えているから。……あなたは、そうじゃないと、わかるけど」

「……大丈夫だ」

私は寝ながら、女のベッドの方へ身体を向ける。女がずっと、私に視線を当てていたのに気づく。暗がりの中、ライトが琥珀色の薄い光を女の背に浴びせている。埃が舞う。自ら意志を持ったとでも言えばいいだろうか。卑猥な話に近づく、無数の死者。

「……長く、長く、色んなことをされた結果。……彼はよく、私を、足置きに使いました。机のPCの前の椅子に座って、作業をしている間に。縄で輪をつくって、首輪みたいにして。……その部屋に、誰か彼の客が来る。相手は驚きますよね。部屋に入ったら彼がいるのは当たり前として、その足の下に、全裸で首輪をつけた女がうずくまっている。……そんな時、相手を見るように、よく言われました。その相手が、蔑《さげす》んだ目で私を見ると、私はよく、たまらなくなった。快楽の予感が身体を通って、その時に、彼が私の腰の下の辺りというか、恥骨の辺りを踵《かかと》で強く揺すると……、私はイッたんです。……信じられないかもしれませんが」

「いや。……知り合いにいる。聞いたことがある」

「条件反射の、ようなもの……。こうされると、その後こうされるって、頭が覚えてしまって、半分反射的に、イッてしまう。条件が整えば、ムチだけでイク女もいる。私は違うけど、目線と言葉と、あと少しふれられるだけでイケる女もいました。……でも、相手が誰でもそんな風にイケるわけじゃない。その相手との、これまでの関係性があって、初めて成立することです。自分が無条件で、跪《ひざまず》ける相手。……私のような属性の女は、好き嫌いが、実は激しい。嫌いな男から無理にされたら全力で抵抗する。でも彼の命令なら、どんな嫌な男とのセックスでもイケる。……わかりますか」

埃が騒ぎながら舞い続ける。女の表情が、急に幼くなる。思い出し、恐怖を覚えているわけでなかった。目が微かに濡れ、幼児性を保った表情で欲情している。他のあらゆることを、放棄する目。社会的な何か。過去、自我、その全てを放棄し幼児に戻る表情。

「で、彼は私に、もっと汚れて来いと言いました。……徹底的に汚れて、ブタになって戻って来いと。そう言いながら、彼はぼんやりして、……彼の中指がないのは、言いましたっけ？」

「……ああ」

「つまらなそうに、その時、彼は自分の指を見ていたんです。なんだこれは、って言いながら。私はその時、縛られたまま、何度もイカされて、ベッドに横たわっていました。性器の奥では、さっきまでの行為の塊みたいなものが、まだ続いていた。いつでも、すぐ、イケるような感覚のままだった。身体はとても敏感になっていて、……その時、彼が突然、自分の中指にナイフを立てたんです」

埃が喘ぎながら揺れている。

「それで、声を上げながら、切ってしまった。赤い血が溢れた。私は恐くて震えてましたが、彼はとても興奮していた。あんな活き活きした表情は、久しぶりだった。それで言ったんです。『ほら、俺の指がない。なくなっただろ。どこにあると思う』私は呆然としてましたが、その彼の表情に、恐いのに欲情して、無意識にというか、自分の性器に指を当てていました。自分を安心させようとしたのかもしれません。でも彼は私の目を真っ直ぐ見て、これ以上ないくらい、真っ直ぐ見て、『お前の中に、ずっとある』って言ったんです。これからお前がどこに行っても、誰に何をされても、お前のマンコの奥には、俺の中指があるって。中で、お前のいやらしいところを、お前がそれを意識する度にかきまわすって。優しく、激しく、お前の一番感じる敏感なところを、その中指が犯し続けるって。お前が厳粛な会議の場にいる時でも、誰かと恋に落ちた瞬間でも、両親の葬式でも、お前のマンコでは俺の中指が動いて、お前がどんな女か常に知らせ続けるって。鮮烈な赤い血の風景を背後に」

女が深く息を吐く。身体を震わせている。

「お水を、……ください」

私はベッドから出、冷蔵庫からペットボトルの水を渡そうとする。だが、受け取ろうとしない。

「……それで、うなされていたのかさっき。……夢の中で、指が?」

「違います。それは、よくある。でも、さっきのは、違いました」

女が目を伏せる。

「あなたと、していました」

女に気づかれないように、息を整える。私は煙草に火をつけていた。

「あれは、催眠の、ようなものだと、思います。もちろん、そんなに、上手くいかない。別に、私の中に、常に彼の指があるなんて思ってない。でも、やっぱり、時々思い出す。……実際、何かいいことがあった時とか、彼の指が、私がどんな女かを、思い知らせるように、動くように感じたこともある。……寝ている時は、でも、そういうことが、ある。意識の下みたいな所で、真っ暗な場所で、彼の指だけが、空間に浮いていることがある。夢は、そこから淫夢になる。突然、私は誰かとしている。でも、私の中に入ってるのは……。私のような女を抱く男は、みな乱暴にするんです。痛く、激しくしようとする。そういうのが、好きだと思われてる。でも違うんです。痛いのがいいのは、相手による。知らない人にされたらただ痛いだけです。なのに、夢のあなたは、……優しかったんです」

私は煙草を吸い続ける。自分もさっきまで夢を見ていた気がする。どんな夢か思い出せない。

「私はだから、普段は、乱暴なセックスだから、ほとんど感じない。ただ物になったみたいに、早く終われと思ってるだけです。でも、あなたは、とても優しくした。何人もの男に、物のように扱われてきた私に。私に優しくキスをして、優しく胸をさわって、優しく首に唇を這わせて、優しく乳首を吸って、……私は抵抗しました。嫌ですと。そんなに優しくされたら、感じてしまうからって。でもあなたは、ずっと優しかった。……まるでレイプされてるみたいでした。優しくされているのに。……指は忘れていた」

彼女が目を潤ませる。私はもう一度呼吸を整える。

「お前は奇麗だと思う。お前としたいと思う。でも駄目なんだ」

舞っていた埃が周囲から引いた。つまらなそうに。

「……どうして？」

「やめたんだよ。人の人生に、深く関わることに」

私は立ったまま、ベッドで身体を起こしている女の頭を右手で寄せる。右手で軽く抱く。女の体温に、欲情する自分に気づく。でもそれを明確に抑えられる自分に、喜びでない笑いが口元に生まれていた。

「……今日はもう寝ろ」

「あなたは」

「分析されるのは好きじゃない」

「でも」

「一つだけ、教えようか」

私は微笑《ほほえ》む。女の髪を軽く撫でた。

「俺はたくさん人を殺してる」

7

石の階段を上る途中で、その先に立つ灰色の鳥居を見上げる。

山本真里は、何も言わず私についてくる。神社は小さく、草や木が乱雑に生い茂り、人の姿もなく寂れていた。だが鳥居の先に、境内へ続く石の道が直線に伸びている。所々石が欠け、大半が砂に埋もれているが、少しの歪みもなく。草木の匂いすら消す澄んだ静寂の中で、微かに風が流れている。

鳥居を潜《くぐ》る。

数年前、一人の容疑者を自殺に追い込んだ。

女の看護師を強姦したあと殺害し、しかし私が証拠をつかんでいた容疑者。〝犯人を殺してください〟。その殺された看護師の婚約者が言った。呆然とした無表情で。〃お願いします。絶対に殺してください〃。殺された看護師は妊娠していた。

一人の殺害では、中々死刑にならない。私は容疑者を庇う立場の振りをし、毎日容疑者と顔を合わせた。その殺害された看護師がいかに善良で、その婚約者がいかに新たな命の誕生を待ち望んでいたかを話し続けた。そこには、嘘も含まれていた。私はストーリーをつくり続け、容疑者の周囲の人間達にも、そのストーリーを語り続ける。容疑者の無実を証明する振りをし、別の犯人を捜す振りをし、私の能力次第で、容疑者が逮捕されるかどうかが決まるように思わせ続けた。容疑者は従来不安定で、悪を為す無神経さも身体に有しておらず、愚かだった。容疑者が涙を流し私に自首した時、私は拒否した。「何言ってるんです?」私は言った。「あなたが犯人なわけがないですよ。その犯人の内面は……」

精神科医と患者のような関係を、私は時々つくるのだった。相手と自分を、その関係性の構図に入れていく。何に似ているだろうか。著名な人間に付きまとい、その人生を破壊することもある個人占い師だろうか。小規模な新興宗教の、いかがわしい相談員だろうか。だが私は、本当に容疑者を自殺させようとしていたわけでなかった。そんなに上手くはいかない。ひたすらに、苦しませようと思っていた。容疑者を混沌の闇へ、出ることのできない精神の暗部の奥へ、突き落とそうとした。

容疑者が突然自殺した時、結果的にそれは遺族である婚約者の望み通りになったわけだが、しかし彼には、どのような解放も達成も見られなかった。ある意味当然だ、と私は思う。よく言われるように、犯人が死んでも、女性も腹部にいた子供も戻って来ることはない。元々病弱だった婚約者は入退院を繰り返しており、犯人が死んだ時はやや回復したが、その二年後に死んだ。

ならなぜ、私はそうしたのだろう？　その時の、婚約者の意識に浮かんだ感情を、せめて実現する努力をしようとしたのだろうか。それとも、容疑者をそのような構図に入れ、精神を追いつめることに喜びを覚えていたからだろうか。昔はよく感じていたその引力は、今では私から遠い。もう私はやめていたのだった。あの時は、惰性でしていた感覚があった。指定暴力団の銃を使った争いに巻き込まれ、二人殺したこともある。それだけではない。他にもある。度重なる個人プレーで、捜査一課も離れることになった。でも安堵する自分がいた。疲労していた。全てに。桐田麻衣子とも、関係の構図をつくることを私は避けている。

「……ここに、何が」

「埴輪と服」

「……埴輪？」

山本真里が、私に視線を当てている。

「吉川は、お前を捧げたい、埴輪は嫌いで服だけじゃ駄目だと言ったんだろ。……日本の皇族などの死の時、人民を生き埋めにして共に墓に入れる風習をやめるために、代わりに埋めたのが埴輪なんだ。吉川の死体があった部屋には服が少なかった。残っていた服は伊藤向きのものでなかったから、恐らく彼女の服は処分されていると俺は見ていた。つまり捧げたんだ、吉川が伊藤の死に。埴輪は嫌いだが服だけじゃ駄目なのだから、吉川の言葉通りなら、服はもう既にどこかに埋めたことになる。伊藤亜美の死体は無縁仏として寺に埋葬されている。地図を見るとその寺の隣がこの神社だった。寺と神社は隣接していることが多い。この神社が、忌部《いんべ》氏《うじ》を祀る数ある神社の中の一つだったら、もっと間違いないと思ったんだが。朝廷から祭事を任され、大麻草にも恐らく関わり、しかし権力争いに敗れ中央から離れたとされる古代の豪族。……ここは明確にそうではなかったが、しかし神話上の物語に関わる神社の一つではあった。吉川は神道に強い関心を持っていた。……伊藤が埋葬された寺の、隣の神社。その時どういう精神状態だったかは不明だが、吉川は、服をここに埋めた可能性がある。それ以外にも、何か捧げたかもしれない」

響子との関係性はどうだったろう？　六年も共にいたが、結婚も同棲もせず、ほとんど何もしてやれなかった女。歪みつくした私とは反対に、あまりに善良だった女。私が馬鹿にするくだらないテレビ番組を、ちゃんと夢中に見れるような女。

〝続いては、長年ヒットチャートを賑わすあのミュージシャンが登場！〟

そんなテロップの後、ある番組がＣＭになった。私はテレビを見ないし、時に見てもこのような進行をされると、微かな苛立ちを覚え電源を消す。だが響子は〝長年ヒットチャートを賑わす……『心凍らせて』の人じゃない？〟と言った。

『心凍らせて』は、生真面目そうな男が歌う、昔流行った演歌だった。長年ヒットチャートを賑わせているわけじゃない。だが私はあの時、なぜか「そうだ」と思ってしまっていた。懐かしいな、確かいい曲だった、久しぶりに聞いてみようかと。

ＣＭが明けて番組が再開する。登場したのはドリカムだった。当然だ。昔流行った演歌を歌う、生真面目な男がここで出て来るわけがない。

〝……お前、そんなわけないだろ？〟

私は言い、おかしくて仕方なかった。響子も笑った。〝というか、何でその歌が急に出てきたんだ〟。私は、このように時々彼女の思考に巻き込まれた。彼女はポケットやカバンの中身を、なぜかまとめて「具」と一言で表現する癖もあった。私は捜査のとき犯人に「お前のその具を」と言い、そのまま口ごもったこともある。

彼女が三十五歳で癌になった時、そしてそれが転移してもう助からないと知った時、私はこの世界はやはり意味がないと思った。このような女性が三十代で急に死ぬ世界が、正常なはずがない。どれだけ幸福な人間がこの世界に存在しようと、この世界に意味はない。

〝大丈夫、じゃないみたい〟

響子は言った。

〝痛くないといいんだけど〟

髪の毛もなくなっていく。抗癌剤を投与するとそうなる。

病室で横たわる響子の前で、私は指で目を拭い続けていた。俺はお前に何もしてやれなかったとか、お前を幸福にできなかったとか、そんなことを言いながら。女性が結婚を考える年齢の間、私は彼女の人生とずっと共にいてしまっていた。

〝何言ってるの？　私は幸せだったよ〟

彼女は言うのだった。そして一つ一つ、私との思い出を、取るに足らない日常を挙げていく。美学に反すると言い中々入らなかったこたつに私が入り、でも意外と気に入っているように見えたこと。私が通俗的な旅行先だから拒否したハワイに結局共に行き、常に私は不機嫌だったにもかかわらず、帰ってきた時は何かの罰のように陽気にこんがり焼けていたこと。二人での初めてのセックス。仕事で失敗した彼女を慰めたこと。クリスマス。正月。美味しかった店。読んだ本。旅行。楽しかったライブ。

結婚や家庭。世間を気にしていたのは、私の方だった。彼女は彼女の、自分の幸福をちゃんと受け止め、全身で享受していた。彼女は私に、幸福だったと言い続けて三十六歳で死んだ。退院することもなく。

〝何度言えばいいの？　籍入れるとかどうとか、そういうのわたし興味なかったんだって〟

私はだが、自分を責め続ける。自分の何を？　共にいてしまったことだろうか。彼女と一緒にいたいと、思ってしまったことだろうか。生き方を変えられなかったことだろうか。変えようとも思わなかったことだろうか。今でも変えようと思えないことだろうか。自分の何を今でも責めているのか、もう私にもわからない。

この世界に意味はない。あのような女性が三十六歳で不意に死ぬ世界に、意味があってはならない。

昔は、響子の夢をよく見ていた。だがもう数年見ていない。いや、見てはいるが、目覚めてから覚えていないだけかもしれない。

〝私が死んだら、他の誰かをすぐ好きになって、……と私が言っても、多分無理だね〟

彼女はそう言い、弱々しく笑った。

〝ああ、無理だ〟

〝うん。好きにしたらいいよ。あなたはあなただから〟

自分が潜った、背後の古びた鳥居を眺める。

境内で、祈らず多めに賽銭だけ入れ辺りを歩く。山本真里も、祈らなかった。神社は天皇を崇拝するものもあれば、神話の人物や土地の豪族を祀るもの、自然信仰など多岐にわたる。現世利益を謳うものもある。

「ここには吉川にとっての何かがある、と思ったが、見当違いなのか。隣の伊藤亜美の墓に行くか。いや、……この古びた社の中は、……でもさすがにな」

「信じてなくても、ちょっと開けるの無理ですね」

風が舞う。ここから見える寺には墓石が並んでいる。全ての人間は骨になり消える。

「ここの宮司に連絡を取るか」

林の一つの草の茎に、青い紙が縛られていている。境内の裏の林。

気づいた私に、私の意識が遅れてついていく。

「……人が通った跡がある」

「え？　ないですよ」

「いや、僅かに草の流れが違うだろ。僅かだが」

墓石の並びとは逆の、無造作な林。近づくと、小さな青い紙が、一本の草の茎に雑に縛られている。やはり青だ。吉川ならこの色は青でなければならない。中に入っていく。踏まれた草は既に立ち上がっているが、曖昧な道が見える。私は辿る。背の高い草に紛れ、別の青い紙の端が遠くの視界に入る。私は近づく。

小さな、竹の杭が四つ、地面に突き刺さっている。その杭が縄で奇妙に繋がれ、白と青の紙が縄から幾つも垂れている。

「……何ですか。気味が悪い」

山本真里が言う。私はその杭を足で倒す。

「ちょっと。まずいんじゃ」

「……これは、神社の人間がしたんじゃない。一見神道の場の聖域に見えるが、縄の縛り方が違う。……見ろ。まるで縄が、自然とそうなっていったとでもいうように、竹に絡まってる。こんな縛り方は神道ではしない。それに神道では白い紙だが、これは白と青だ。長髪だった吉川の髪は短くなっていたし、太ももにも古傷があったが、これは近親者が死んだ時の、古代ユーラシアの風習なんだ。青の色を使うのも、同じ古代ユーラシアの風習。やったのは間違いない、吉川だ。……恐らく、何か埋まってる」

四角く縁取られたその空間には、まだ背の低い草しか生えていない。

「……お前、掘れ」

「嫌ですよ。自分でやってください」

「……スーツが汚れるだろ。時計も。高いんだ」

「信じられない。怖いです。自分で……」

「土に細菌でもいたらどうする？　嫌だろ」

「は？　それは私も同じなんですけど」

――そこには何もないです。

振り返ると離れた場所に男がいた。誰かが来ている気配を、右の背後に感じた瞬間。

「お前は」

「宮司です。……ここの」

　生きていたのか。間違いない。あの映像の、吉川に影響を与えたと推測され、山本を縛っていた初老の緊縛師。宮司と名乗ったが、ジーンズに緑のジャンパーを着ている。この神社に墓はない。自分の神社と隣接する寺に、伊藤を埋葬したということか。

「あの林に人が入っていく。あの男と同じ場所から。……いつかこういう時が来ると思っていました。あの男が死んだニュースを見てから、嫌な夢も続いた。……ちょうどいい。あなたは警察の人でしょう？　そうは見えないですが」

　宮司はそう言い、弱々しい笑みを見せた。だが隣の山本を見、驚きに目を開いた。

「なるほど、そうか……。近くです、私の家に来てください。その中のものをお渡しします。全てに行き詰まった吉川にとっての、伊藤に捧げた埴輪や装飾品の代わりです」

8

《吉川一成のノート1》

思えば自分は生来、性的な人間でした。

人生というものは味気なく、嘘くさく、くだらないものであるとしか、感じることができずに生きてきました。当然のことながら、この世界に非があるのでなく、自分に問題があったのです。自分を夢中にさせるものが、ほとんど性しかないという人生。自分が過ごした人生は、そういったものでした。

なぜこのような行き止まりに、自分は入ってしまったのか。きっかけというものがあったのか、なかったのか。

七年通った大学を中退し、バイト先のアダルトビデオのプロダクションに、そのまま雇われました。全員で四人しかいない、小さな会社。何度目かの現場で、緊縛の撮影があったのです。私達のような弱小プロダクションには珍しく、きちんとスタジオを借りての現場でした。本格的な緊縛というものを初めて直接見ることになり、自分は体が硬直したのです。

頭の中に、中学生の頃のことが、湧いていました。激しい性衝動に、頭がおかしくなるほど囚われたあの時期。雨の止まった夜の川原で、一冊の古い雑誌が、ページの開かれた状態で落ちていました。そこには、縄で縛られた女達が写っていた。砂利の地面の上、気だるく生えた緑の草達が、その動けない女達の体に垂れ下がり、執拗に触れているように見えました。写真のページは濡れている。遠くの外灯の優しいオレンジの光に当てられ、暗がりの中で浮かび上がっていた。見下ろしながら、口の中が乾き、目線を動かすことが難しくなりました。こうしてしまえば。あの時そう思ったことを、よく覚えています。こうしてしまえば、この女達は動けないから、抵抗できないから、自分は何でもすることができる。肉欲的な体を隠すことのできない縛られた女達が、苦しげに、恥ずかしげに、自分をじっと見ていました。地獄にでも誘うように。でもその時の、縛られた女に吸い寄せられた特殊な感情は、その後発展することはなかったはずでした。縄というものに、特別興味が湧いたわけでもない。

その思春期を経て大人になり、人並みに幾人かの女性と性行為をすることになりましたが、もちろんそれらは素晴らしい経験でしたが、なんというか、自分の全てを解放するものではありませんでした。自分の性は、常に、頭の中にあったのかもしれません。してはならない相手との行為。たとえば暗がりで前を歩く、見知らぬ女性との行為。知り合いの、でも決してそういう関係にならない相手との行為。現実には難しい、アダルトビデオのような犯罪行為。特に性癖があったわけではありませんでしたが、自分の頭の中は、そういう非現実的な想像で常に満ちていました。

自分の中では、本当の性とはつまり、主に想像の、非現実の領域にあるものでした。想像のセックスは、常に現実より激しい。現実は想像を超えない。現実で行われる、現実的で安全な性は、自分の頭の中の一部を解消させるものでしかありませんでした。たとえば恋愛の愛情を伴うセックスでは、恋愛の愛情を伴わないセックスはできない。恋愛の愛情を伴わないセックスには、独自の別の魅力がある。そう思う自分は、間違っているでしょうか。

アダルトビデオや、その他の性の情報の氾濫の中で生活する現代の人間は、恋愛の愛情を伴わない相手に欲情する内面の動きを、気づかないうちに常識化、普遍化してしまいます。当然のことながら、知らない裸の女性の映像を突然見せられても、自動的に欲情はしますが、恋愛感情が湧くわけではないのですから。そしてそれは習慣化され、まるで独立した欲望のようになっていく。氾濫する性情報と共に成長するからそうなる、というシンプルなものではなく、そういった環境が、その元々あった人間のある種の傾向をやや助長する、ということかもしれません。人間の性の力は元々道徳とは相容れず、さらに想像によって増大していきます。

恋人との性行為で、これは知らない女だ、本当は彼女は多くの男達に今体を押さえられている、などと非現実的な想像をしながらすることはありましたが、性犯罪や風俗、無理そうな相手に近づく冒険の勇気のなかった自分の性は、自分でも気づかないうちに、常に奇妙に未満の状態だったのかもしれません。

ですが、その緊縛を直接見た時、血液が体内で速度を上げ、自分の中を巡っていく感覚がありました。自分の人生が、規定された感覚。そう言っても大袈裟でないほど、恐らくあの時の自分を外から眺めれば、相当奇異な様子をしていたと思います。

はだけた着物を着た三十代ほどの、体の細い女性が、縄で手を後ろに縛られていた。なぜかその女性はカメラでなく、切なそうに、恥ずかしそうに、自分をじっと見ていたのです。縄はさらに、彼女の剝き出しの乳房の上を通り、下を通り、まるでその女という存在自体が、乳房のいやらしい膨らみ自体が罪であるかのように、その罪の恥部を強調し世界に曝《さら》すかのように、胸が縄で挟まれていた。足首に巻きついた縄が、天井から吊るされた棒を通り、そこから垂れた縄が下へ引かれることで、少しずつ女性の白く形のよい足が上げられていきます。着物の女性は、下着をつけていませんでした。「いや……」女性は息を吐くように、小さく呟きました。縛られた女性は動くことができない。片足が上がることで、性器が少しずつ曝されていく。現場にいた粗野な男達の前で。女を熟視する、撮影のビデオカメラの前で。女性の性器はすでに濡れていた。まだ誰も、触れていないというのに。女性はずっと、なぜか自分だけを見つめてくるのでした。凌辱されている姿を、恥ずかしい姿を、見せつけてくるかのように。土色の麻縄が、彼女の滑らかな白い肌に喰い込んでいきます。女性が息を吐く。自分の想像の、まだ未分化だったものが、現実に接続されていく感覚。キリキリとした縄の音が、女性の汗で濡れているように聞こえました。自分の性器は硬く勃起していた。口の中が渇いていく。

「……ちょっと、やってみるか?」

撮影の小休止の時、縄師がそう言いました。自分の様子が、あまりに奇異だったからでしょう。監督である自分の上司が「面白い」と笑い声を上げた。縄を渡される。縄とは、麻糸が紡がれ、凝縮されながら幾本も束ねられ、つくられたもの。その捻《ね》じれながら伸びていく無数の麻糸の束である縄に、その線の形状のざらつきに手を触れた瞬間、自分はもっとこの感触を味わいたくなり、自分の指に、掌に、縄を滑らせていきました。螺旋《らせん》のように伸びる縄の窪みに、自分の指達が馴染み、合わさっていく。触れた指が喜ぶように震えていた。神経のように可視化された自分の意志が、伸びていく線となり具象化したように思いました。女性に対し、自分の体の現実だけでは不可能な行為を、可能にさせるもの。自分はその美しい形状に魅入っていました。そのような状態の自分を、女がじっと見ていた。やがて目線を、硬くなっている、自分のジーンズの罪の膨らみに注いだ。縄を持って近づくと、女は微笑んで後ろを向きました。青く薄く静脈の走る、美しい背中。なぜか頭の中に、小さい頃に見た、地獄の絵本が湧いていた。縛られ、火に焼かれていく女。女の体にまとわりつく火は、縄を持つ自分だと思いました。

後ろで交差された白く細い腕を、縄で二重に巻き、縛りました。縄が縄に埋まるように、固く縛られた瞬間、女が短く「ん」と声を上げました。そこから、自分の記憶は途切れがちになりました。この女はもう動けない、と思ったことを覚えています。縄を通し、自分と女が繋がったような、女を完全に、手に入れたような、自分の欲望の意志が、神経の線となり女に巻きついていくような、そんな感覚もあったように思います。女にしがみつくようにして、縄をさらに、女の乳房の上に滑らし、後ろで縛りました。女の肌色と、縄の土色。自分は気づくと、そのまま女にしがみつき、首に唇を当てていた。その唇が感じたしっとりとした温かな温度の後は、もう何も覚えていない。後で短い映像を見せてもらいました。自分がそのまま、女を後ろから犯そうとした映像。監督である上司と縄師に、笑いながら止められている映像。再び記憶があるのは、自分がスタジオの端で、外国メーカーのペットボトルの水を飲んでいるところからでした。目の端に、切り割れた壁板の小さな黒い空洞と、崩れた蜘蛛の巣の灰色がぼやけて映っていた。撮影は終わっていました。女は笑みを浮かべ、ガウンを着、シャワーを終えていた女が私に近づいていました。女は笑みを浮かべていた。慈愛に満ちた雰囲気で。

「可哀想……、治まら、ないでしょう?」

あの時は、さっきまでの自分が何をしたのか、まだ明確に知りませんでした。

「……メールは嫌いなの。電話して」

その日から、私と女の奇妙な日々が始まりました。女は縛られることの専門でしたが、仕事によっては、縛ることも行っていた。安いラブホテルの一室で、自分と女は何度も会うことになりました。自分の縄の技術の大半は、あの頃出来たものになります。

基本となる後手縛り。二本の縄を使い、女の二本の腕を、胸部ごと後ろで固定する。

「私は、縄で縛られると……、強く抱きしめられるみたいで、解放された気持ちになる」

女は言いました。呼吸を微かに乱しながら。

「固まっていたものが、フワっと、軽くなる……。お互いに同意の上でも、無意識には、性への、抵抗があったりする。でも、縛られると、もう、……どうしようも、ないでしょう？　抵抗する気持ちも、なくなるの。そして、自分が、どれだけ感じても、許されるような、気持ちになる。縛られて、抵抗できないのだから、普段と違う自分になることを、許せる。自分が解放される。……あ、ああ」

縄が、女の白く美しい肌に喰い込んでいく。自分はたまらなくなり、その肌に舌を這わせていくのです。我を忘れるように。

「それで、私は、……抵抗できないから、無力になる。相手に、あなたに、すがるしかなくなる。ここに、恋愛感情に似たものも、生まれることがあるの。……無力な私は、あなた次第だから、あなたに、気にいられないと、いけないから、あなたに、思いを寄せようとする気持ちが、増す……。銀行強盗とかに、人質にされた人間が、恐怖から庇護されたいと思って、その犯人に、恋愛感情を覚えることが、あるでしょう？ それと、似てる。肉体だけじゃない。縄は、精神の、やり取りだから。苦しく絞められた後に優しくされると……、たまらなくなる」

足も固定していく。足首を縛った縄を、ベッドの足に繋げていく。足が開かれていきます。

「恥ずかしい。いや……」

自分はその状態の女の足の間に、顔を埋めます。クリトリスに、舌を這わせる。執拗に吸いついていく。

「おかしくなる、ねえ、やだ、いっちゃう。ねえ、やだ」

固定された女を、いつもそのまま犯すのでした。動けなくなったことで、自分を解放し、性そのもののようになった女を。支配し、縄で縛ることで、女の現在の全てを手に入れた感覚。動けない女の姿は、それだけでも男を狂わせる。縄をつかみ女の体を絞め上げるようにし、女がやや苦しくなった後で、すぐ優しく戻し、慰めるように頭を撫で、愛撫し、また縄を絞めてコントロールしていく。女の性器が、私の性器をきつく締めつけていました。縄を使えば使うほど、女は敏感になり、かなり濡れながら私の性器に絡んでくるのです。我を忘れました。縄に、女に、溺れていく。人生は、このためにあるのだと、思っていました。女という存在がなければ、自分は人生の早い段階で、自殺していたのだろうと思います。

「あ、ああ、あああああ」

自分は縄師になりました。弱小のアダルトビデオメーカーの社員として生計を立て、時に撮影でも縛り、そこで知り合った女性と、個人的な関係を持ちました。縄を這わせた女の美しい体に、身を埋める日々。自分の人生の前には、縄で繋がれた女だけがありました。しかし、縄師の神沼《かみぬま》先生と出会い、自分の人生は開かれることになります。人生に、意味を与えた人。

先生は神社の宮司でもあり、神道に詳しかった。

《ノート2》

「神社の注連縄《しめなわ》は、近頃はナイロンなどもあるが、本来は麻縄でつくられるものなんだよ。麻縄は、境界を隔てるものだ。……神域と現世を。人々を、邪気からも守る」

「境界……」

「神域は、麻縄で囲う。麻縄で囲うことで、そこは神聖なものにもなる。そこに神がご降臨されることもある。その縄は、神と、人間を隔てるものにもなるわけだが、そこにはね、二重の意味があると私は思う。一つ目は俗の空間を清め、神々に相応《ふさわ》しい場とすること。そして二つ目は、神から人間を守ること。……神の意志は計り知れず、尊く、荒々しく、恐ろしい。だから我々人間は、それと対峙する時、自らをも守らなければならない。……日本の神話、古事記や日本書紀の、天岩戸の伝承を知っているか？ 太陽神である天照大神が、天の岩屋の中にお隠れになってしまったことで、世界は闇に包まれた。何とかそこから誘い出そうと、神々は外で天照大神の気を惹きそうなことを様々に行った。裸で踊った神までおられた。外の様子があまりに賑やかなので、天照大神が気になって出てきた時に引っ張り出し、その岩屋の入口を縄を引いて塞ぎ、もう中に戻れないようにした。……色んな解釈が可能だが、私は、縄は入ってはいけない闇の入口を塞ぐもの、という意味や、神ですらも、縄の結界をむやみに通過できないことを現してるのだと思うんだがね」

神沼先生の語らいは、時に深夜までおよびました。

「なぜ麻縄が神聖なのか。縄と日本人は、古来から深く結びついている。およそ紀元前一万三千年前後から日本で始まる縄文時代、日本人の衣服は麻でつくられていた。麻縄を転がすことでつくられた模様だから、縄文土器ということくらい知っているだろう？　服は、外界から自分を、守るものだ。それは一種の境界、結界だろう？　土器にその模様をほどこしたのも、装飾だけでなく、結界をはることで頑丈にする気持ちもあったんじゃないだろうか。でも一番の理由は、麻がつまり、大麻だったからだと私は思うよ」

「……麻薬の？」

「大麻草にはＴＨＣとＣＢＤの成分が入っている。ＴＨＣの多いものだと幻覚大麻になる。日本に生えているのは古来ＴＨＣが少なく、幻覚作用のないＣＢＤが多く含まれているものがほとんどだ。気候で変異するから、日本の気候は本来、幻覚大麻に適していなかったことになる。だから日本には元々大麻を幻覚剤として使う風習がなかったと言われるが、実際は全く違う。……大麻種子を燃やし、幻覚作用を祭事で行ったとみられる古代遺跡がある。邪馬台国でもそうだったのではないかという研究と証拠もある。大麻に酔うことで、日本だけでなく、世界のあらゆる古代の祭人達は神と接続したんだよ。よって麻は神聖なものだ。だが日本の場合、二～三世紀の邪馬台国が滅んだ後の大和王朝、つまり天皇陛下の統治下の範囲では、大麻を幻覚剤として使う風習はなくなったようだがね」

では麻縄で女を縛るとは？　神聖なもので、女を縛るとは？

「お前は知らないかもしれないが」

　神沼先生が、自分に優しく言う。

「天皇陛下は、日本の主神、天照大神のご子孫であられる。天皇陛下とは、神の子孫であり、そのご存在もまた、神なのだ」

　頭の中に、一つのイメージが湧きました。自分の面前に、天皇陛下がおられる。天皇陛下の周囲は、直線の麻縄で結界がはられている。畏れ多く、我々と同じ領域で対峙するわけにいかないから、自分はそこに結界をはるのだ。そこで、麻縄で縛り、清めた女を、自分は天皇陛下に、その仰ぎ見るほどの高き存在に、畏れ多くも捧げる――。

　自分はそのイメージを、神沼先生に話しました。先生は怒り、自分を激しく打《う》ちました。

「不敬だ。天皇陛下をお前のイメージなどにご登場させるものではない。そのような女など天皇陛下は必要とされない。いいか、よく聞け。陛下をもし面前に拝むことがあれば、その場で跪け。思考もイメージもいらぬ。私達は日本人だ」

「日本人……」

「神の治める神地に住む、世界でも稀な神国の国民だ。全ては天皇陛下のためにあることを忘れるな」

無条件で、その足元に跪けるということ。天皇陛下。自分の内面に、自分の不敬のイメージを恥じる気持ちと、有り余る幸福が湧くのを感じました。神のご子孫が、その血統が、現在まで続いているという奇跡。それを王として戴く、世界唯一の国。現在の天皇は他国の王族に似た象徴的な存在となり、実際の政治は政治家達が行っているが、自分はそんなものは認めない。

この時期はしかし、性的な人間だった自分の、寄り道のようなものでした。後に崩壊する希望を、いたずらに見せられた時期。後に性に狂うことになる自分に訪れた、一時期の平穏。

近所の神社に、足を運ぶようになりました。信仰というものが、人生をこれほど意味のあるものにするとは、以前までの自分なら考えられないことでした。でも神社で、一枚のビラを渡された。『自分達の手で、新しい憲法を！』。政治？　神社の一部が改憲運動に参加していることを、自分はその時まで知りませんでした。不戦の誓いを謳った平和憲法に、手を加えようとする勢力の存在。

天皇陛下のために、自分にできることは何か。政治？　全くの門外漢だった自分は、それに詳しくなろうとしました。右派。保守。何から手をつけたらいいのか、わかりませんでしたので、インターネットでそのようなサイトをいくつも閲覧しました。ですが、自分はあまり心を動かされなかった。本ならどうだろう、と思い、幾つか手に取りました。ですが、手に取った本が悪かったのでしょう。自分には合わないものでした。

それらは俗にまみれていました。韓国や中国の悪口ばかりが、書かれている。原発に賛成であり、アメリカの基地に賛成であり、平和憲法は唾棄するものであり、首相の口利きによる利権にも賛成であり、野党は馬鹿であり、左翼は馬鹿であり、リベラルの知識人は幼稚である。そんなことばかりが書かれていた。こんなことに、何の意味がある？　自分は思いました。自分はただ日本人として、天皇陛下に跪きたいだけだ。陛下の意志だけが問題でした。陛下はこれらについて、どうお考えだろう？　陛下の意志を、実行する。周囲の俗物達など関係ない。

お会いしなければ。そう思いました。テレビに映る天皇陛下は、仮のお姿に違いない。実際に、この目で拝見しなければ。自分は正月まで待ち、一般参賀に出かけました。陛下が毎年、ガラス越しに、国民にお姿をお見せになる日。

初めて直接、拝見させていただいた陛下のお姿。自分の激烈な感動はしかし、次第に揺れていきました。あのお姿からは、温厚な人格者という印象を受ける。優しく、気さくで、慈愛に満ち、平和を愛するお方という印象を受ける。自分が焦がれていたのは、もっと荒々しいお姿だ。神として、我々を恐怖させる存在。自分が愚かだから、感じられないだけだろうか？　自分は古事記と日本書紀を読むことになりました。この二冊は、天皇陛下を、神ならしめる二冊でした。戦時中は、研究書が発禁となり、その著者が有罪判決を受けるほど、神聖視されたもの。実際に読み終えて、失望と高揚の、二つを自分は感じることになりました。

失望したのは、天皇様の周辺の豪族でさえ、神の子孫として書かれていたこと。神の子孫は、天皇陛下だけでなければならないのに。さらに時の天皇様が、神道の天皇様が、こともあろうに、仏教に頼っていたこと。ご自身が神であるはずなのに。なんということだろう？　書物に記された現実は、想像より遥かに味気なかった。

そして神話の成り立ち。この神話を、信じろと？　吐瀉物や糞尿からも神が生まれる世界を信じろと？　神が日本列島を産んだ？　どうやって？　では他の世界の大陸は誰が？　いや、それは自分の誤りだ。古事記や日本書紀は歴史書であるが神話でもあり、聖書やコーランと同じ態度で触れてはならない。あの神話はそこにあった真実を、我々愚民にもわかりやすいように、物語に変えて表現したものだ。そこから受ける核だけを、受け取ればいい。日本列島は神がつくった。天皇陛下は、日本の主神である天照大神の子孫。それでいい。だがしかし、天照大神は女神として描かれている。日本の主神が女神？　これは異端の書だろうか。いや、違う。特に日本書紀は、正史として、長く朝廷で重んじられてきたものだ。女神？　ではなぜ、日本国は女系天皇を認めていないのだろう？　いや、これも自分の迷いに過ぎない。何かここには、愚民にはわからない深い意味があるはずだ。

高揚した部分は、雄略天皇や武烈天皇の存在でした。自分が焦がれた、荒々しい存在。武烈天皇は女を裸にして座らせ、目の前で馬の交尾を見せ、濡れなかった者を召し抱え、濡れた者をお殺しになり楽しんだと実際にここに書かれている。雄略天皇もすぐ人をお殺しになるが、突然人々に慈愛もお見せになる。予測不能であり、まさに神のお姿に違いない。自分はそう思いました。

雄略天皇や武烈天皇ならば、祈ることなく天候をも左右するのではないか。お怒りになれば嵐を呼び、穏やかになれば晴天や涼し気な風が吹くのではないか。自分は三島由紀夫の哀しみを思い出しました。なぜ天皇陛下は、人間であるなどと宣言をされてしまったのかという三島の哀しみ。だが特に、武烈天皇ならどうだったろう？

たとえば太平洋戦争の時、武烈天皇であったなら、我々国民は全て、猛烈な天皇陛下の下、最後まで戦い、美しく国ごと散ることができたのではないか？　国民の全ては天皇と共に美しく天に昇ることができたのではないか？　もし武烈天皇が今生にご出現したのであれば、我々は恐れ、麻縄の結界でお屋敷を囲うだろう。武烈天皇は、自分の捧げた女を愛でてくれるのではないだろうか。昔の天皇は、多くの女を召し抱えていたのだから。天皇に、神に、自分の魂と技術の全てを注いで縛り上げた女を、畏れ多くもお捧げする——。

揺れる自分を、神沼先生は心配そうに、しかし今度は微笑みながら、眺めていました。

「キリスト教でも言われていることだが、信仰に迷うのは罪ではない。なぜなら、迷った後にこそ、本当の信仰が、揺るぎない信仰が生まれることがあるからだ。だが、一つだけ注意するといい。信仰と学問は相容れない。どちらかを取る時が来た場合」

あの時先生は、自分の目をはっきり見ました。

「お前は信仰を取れ」

縄師は、時折、個人レッスンを請け負うことがある。緊縛を習得したい金持ちなどに、個人指導をする。分厚い灰色の雲が、地上に降りかかるように、ものすごい様子をしていたあの日、随分と体調の悪くなっていた神沼先生の、代理をすることになりました。Yという男。出会わなければ良かった相手というものが、この世界には存在します。でも、本当に、そうだろうか。自分はYに、会わなければよかったのだろうか。

指定された部屋に入ると、スーツ姿のYが立っていた。彼の右手には中指がなかった。

隣には全裸の女がいました。伊藤亜美と名乗りました。

《ノート3》

「今日はすまないね。先生の代わりなんて」

Yの声は低かった。五十歳くらいでしょうか。体や表情に力を入れていないというか、気だるい感じのする男でしたが、顔が気味が悪いほど整っていた。

「こちらこそ、申し訳ございません」

「いえ、あなたのことは知っていましたから」

今思えば、なぜ彼は、自分を知っていたのだろう。

「……今日は、吊りのバリエーションの習得と、お聞きしています」

文字通り、女性の体を吊ること。責め縄であり、緊縛が発祥した江戸時代から、男女問わず拷問や折檻《せっかん》で行われていた。素人が見様見真似で行うと、ほぼ必ず事故が起こる。習わずにしてはならない。素人に吊られ神経を損なったり、落下して後遺症を負った女を何人も知っていた。

「まず、通常行っている、吊りをなさってみてください。気になることがあれば、すぐ言いますので」

自分の言葉を、Yはなぜか不思議そうに聞いていました。ですがやがて自分が言われたと気づき、笑みを浮かべる。ここには女を入れて三人しかいない。自分の言葉は、Yに以外あり得ないのに。

通常、練習時に女性が全裸でいることはありません。初対面の縄師に全裸で会わせることを、一つのプレイとして楽しんでいる。そう解釈していました。伊藤亜美の体は、なぜか幅のある横の縞模様に、薄く日焼けしていました。Yが伊藤亜美を縛っていく。その時はまだ、彼女を美しい女としか、感じていなかった。

「ん……」

亜美の体が床から離れ、宙に浮きました。非常に複雑な縛り。レッスンなど必要なく、Yの縄は見事でした。前で縛られた手が上げられ、後ろで固定されることで、亜美の脇の下まで露わになっている。宙に浮いたまま、亜美の両足も開かれていく。亜美の性器が、こちらに開かれていく。亜美は陶酔した表情で、口を小さく開けていた。息が速くなっていくのを感じました。Yがその状態の亜美の乳首に、人差し指で優しく触れた。亜美が小さく声を上げた時、指で乳首を弾きました。何度も。

「あ、あ」

その状態の亜美の性器に、Yが軽く触れる。亜美の声が詰まったようになり、体を震わせた。彼女はオーガズムに果てていました。こんなにも早く。

「……もう、教わることは、ないのでは？」

「ん？　それは私に言ったのですか？」

奇妙な会話のリズム。体中の血液が、早い速度で巡っていくあの感覚。Yが亜美の体を降ろします。性液がこぼれていた床の上に。亜美が震えている。

「先生の、技が見たいですね」

「ですが……」

亜美の体は、いま過度に敏感な状態にある。業界に長くいる間、この状態になった女を何人も見てきた。

「いいのです。……ほら」

Yから縄を渡される。口の中が乾いていく。

快楽の余韻と、これからされることの予感で、亜美の美しい背中は震え続けている。背面には日焼けの痕がない。腕を後ろで縛った瞬間、この女だ、と思う。正確に言えば、女の腕をつかみ、後ろに回した時。自分に、とても馴染む体。女の乳房の上部に、二重にした縄をさらに二重に回し、腕ごと背後で固定する。これほど縄の馴染む体に、自分が望む女に、出会ったことがなかった。

自分は思わず、我々を見下ろしているYを仰ぎ見ました。許しを請うように。Yが優しく微笑み、うなずく。自分は亜美の首に唇を這わせました。二本目の縄をつかい、亜美の乳房を上下で挟むようにする。亜美は上体を前に倒そうとする。この状態で前に倒れると、苦しみが増す。後ろで縛った時に前に倒れ、自ら苦しみの中に行こうとする女は業が深い。背後から、首に舌を当てながら、亜美の乳首を優しくいじる。亜美が震えながら声を上げた。

「先生は、日本の神話を、勉強なさっている」

「……はい」

「では水蛭子《ひるこ》を、ご存知でしょう。日本列島を産んだ、伊邪那美《いざなみ》と伊邪那岐《いざなぎ》の、最初の子。障碍《しょうがい》があっただけで、船で流されてしまった悲劇の子。……その女は、立場的には水蛭子みたいなものです。日本の政治の中枢から、捨てられていなくなることを期待されている。くだらないスキャンダルですが」

「水蛭子……」

「水蛭子はしかし、日本各地で、流された後の伝承があります。日本人は優しいのです。神々に見捨てられ漂流し続ける悲劇の子が、幸福になった物語を新たに創り出したのですから。物語の悲劇を、別の物語で補う。……この漂流する女にも、我々が物語をつくってやらなければ。そうでしょう?」

自分は亜美を仰向けに倒し、痩せ飢えた獣のように、激しくキスをしていた。

「……その水蛭子を、お貸ししますよ」

「縛られると、人間性を、剝奪されたような気持ちになる」

亜美が囁くように言います。SMもできる、特殊なホテルの一室。二人切りで。自分はその頃、借金に追われていました。でもYが偽の身分証と名前をくれたことで、一時的に自由になっていた。自分は吉川高志《たかし》から、吉川一成になっていました。名前を失うと、現実から逸脱する感覚があるのです。何かの物語の、登場人物のように。

「もう動けないから、自由意志を奪われた私は……、もう何もする必要がない。自由意志には、責任が付きまとう。自分で選択することの、責任からの解放……。奴隷になることの、喜び。社会から、人生から、過去から、私から、その時だけ私が解放されていく」

亜美を吊っていきます。吉川一成である自分が。背中を基点に吊りながら、逆海老にやや反るように、両足も吊ろうとする。

「私は人生から解放されて、物になる。……吊られると、苦しい。苦しくて仕方ない。……でも、私はあなたに、安堵してるの。最初に腕を、縛られた瞬間、わかった。この人になら、任せられるって。……私が望んでいた、人だって」

最初に亜美に触れた時、彼女を、自分が望んでいた女だと感じたことを、思い出しました。好きだ、ではなく、望んでいたと。亜美も同じことを言っていた。だがあの時は、そのことを深く考えなかった。

「だからあなたが意図した苦痛なら、私は安心できる。意図していない痛みなら、不安を感じるけれど」

両足を吊る。彼女の体が、美しく性的に空中で微かに反れていく。

「あ、ああああ」

自分は手ぬぐいで、亜美の両目を塞ぎました。視界も奪われた亜美は、ただ暗闇の宙に漂う。

「苦しい、苦しいの……、でも、これが、……快楽に、変わる瞬間が、ゾーンに、入る、瞬間が来る。それを、待つの。苦しみの果てに、暗闇の果てに、それが訪れるのを、私は待つ。それが、来ると、もう、覚えていないことがある。長距離を走り、……限界を超えた、ランナーが、感じる、ランナーズハイの、ようなものかもしれない。脳内に、快楽物質が、放出されるのかもしれない。あ、あああ、私は待つ、そこからは、苦しみも、痛みも、性的な、快楽になるの、はあ、ああ、瞑想みたいな気持ちに……、痛みは、快楽に、苦痛は、愛情に、悪も、善に、……ここでは全てが、逆転する、……あ、ああ、私は、届く、……何かに」

足の縛り方を変え、さらに吊り上げていく。今度は性器を曝すように、足を大きく広げた形で。だらしなく、恥を求める亜美の好きな姿勢。きつく絞め上げていく。きつく。きつく。きつく。

「あ、あああああああ」

彼女の声が大きくなり、やがて泣き出す。自分は彼女の口も手拭いで塞ぎ、脳への空気を制限することで、より彼女を破壊しようとする。彼女が呻《うめ》きながら泣く。壊れていく。亜美が。

「んん、んんん」

乳首をつまみ上げると、彼女は悲鳴を上げた。やがて体を震わす。性器の中に中指と薬指を入れる。おかしくなった精神の中で、彼女がいき続ける。彼女はいま届いているのだろうか、この世界の何かに。

「んん、ああ、んんんん」

あと少し。もう無理か。あと少しできるだろうか。頃合いを計り、自分は彼女の縄を解こうとする。床に寝かせ、体中に巻かれた縄を、急いで解こうとする。早くしなければ。自分の手は忙しく動き続けました。亜美が震えている。泣きながら。縄の全てを解き、亜美を抱き締めました。

「大丈夫?」

「うん、うん」

「もう大丈夫、怖かったね」

「うん」

「もう、大丈夫だよ……」

自分は亜美に優しくキスをしました。そのまま亜美を抱くのです。亜美が泣きながらしがみついてきました。彼女の中には、まださっきの縄の、性の核が持続しています。あまりに敏感になった亜美が、自分の性器を締めつけてくる。白目を剝く女を経験できる男は、それほど多くない。亜美が何度もオーガズムに震えていきます。今度は自分の下で。亜美の体には、美しい被虐の縄の痕が無数に刻まれているのです。

「ああ、亜美、亜美」

側にあった解かれた縄を、再び亜美に軽く巻き付かせる。いきながら震え続ける縄の絡んだ亜美の体にしがみつき、舌を這わせました。自分も縄に絡まり、縄そのものになっていく。現実ではないように思えました。頭の中に階段が浮かんでいた。仰ぎ見るほど高く、どこまでも上っていく石の階段。そこに光輝くお方がおられる。自分達を、高き場所から見つめてくださる方。その光は目線であり、慈愛であり、その中に、自分の体が溶けて消えるように思いました。人間の、限界以上に高められた、この快楽を、神域の快楽を、与えてくださった、美しく気高い御光に……。

「亜美、……僕達の全てを、……神に捧げたい」

《ノート4》

「ん、んああ」

亜美が、Yに縛られている。自分の目の前で。

「それにしても、スケベな羊ですね。そう思いませんか？」

Yが言います。足を開かれた状態で、吊られた亜美の体をいじりながら。亜美が泣きながら喘ぐ。恐らく、あまり意識もない状態で。

「いいのか？　先生とどっちがいい？」

「ん……」

「言え」

「Y様です。……あ、ああ、ごめんなさい」

自分はなぜあの時、かしこまって見ていたのだろう。亜美は、自分のものでなかった。Yが自分に、貸しているだけだ。嫉妬に、喉や胸の辺りが熱を帯びていました。自分の性器が、硬くなっていく。

「……そうだ先生、これを知ってますか」

Yが、一枚の写真を自分の前に投げました。一本の木の周囲を、杭に結ばれた縄が美しく囲んでいる。縄からは紙のようなものが、幾つも垂れ下がっていました。

「……見事ですね。どこの神社ですか」

「神社ではありません。その写真は白黒ですが、木や縄から垂れ下がる布、それらは恐らく白と青です」

「青?」

「北ユーラシアの、とある地方の写真ですよ」

意味がわからなかった。このような神木を囲う神域は、神社のそれでなければならない。

「先生は、日本とか、オリジナルとか、そういうことに、なぜかこだわりを持っておられる。……神社の縄が、日本で発祥したとお思いですか? あれは元々は遥か古代、北ユーラシアから伝播した風習ですよ」

「え?」

「それに、日本神話。……あれもオリジナルではない。大陸から朝鮮半島を経由して伝播したものや、南方のオセアニアから伝播したものなど、色々組み合わされています」

「……何を言ってるのです？」

「それに、先生の焦がれている天皇ですが、天皇という名称は中国由来です。そもそも漢字ですしね。……いま私が言ったことなど、日本の学者なら誰でも知っている。学会の常識です」

動揺していました。Yがそのような嘘を吐く人間でないことは、自分がよく知っていた。

「おお、寂しかったか？　ん？……先生、私はこういう吊られた女を見ると、時々火で焼きたくなる発作を感じるんですが、……降ろしてやりましょう」

Yが亜美の体を絨毯に降ろしました。縛られたまま、まだ息を乱している裸の亜美の前で、Yがズボンのベルトに手をかけました。

「今からこの馬鹿を犯しますから、見ていてください」

Yの性器が入った瞬間、亜美は喘ぎというより、腹の底から漏れたような呻き声を上げ、体を震わせた。自分の時より激しく。

なぜか手足だけがどこかへ、落ちていくようでした。とても汗をかいていた。後に調べてわかったことですが、Yの言っていることは、少なくとも学問的には本当のことでした。

日本国の根幹を成す一連の神話は、あらゆる神話が混ぜられて創られている。ギリシャ神話を吸収したユーラシアの騎馬民族達の神話や朝鮮半島の神話など、つまり大陸からのものや、南方のオセアニアからのものが、複数日本で融合されている。本来なら日本からまたどこかへそれらは広がっていくはずですが、位置的に、日本の東は太平洋になります。だから学説では、日本は吹溜りの文化と言われていた。あらゆるものが入り込み、日本で混ざり合い留まっていく。

「首絞めてやろう。好きだろ」

縄の文化もそうでした。そもそも、麻縄の元の大麻は、古代の外来種なのです。大陸から持ち込まれ、日本で栽培されていた。縄で神域を囲うのは、北ユーラシアのシャーマン文化から来ていた。シャーマンは鳥に扮し、様々な奇術を行った。日本で大麻草を扱っていたとされる古代の豪族忌部氏は、大陸から渡来した先祖を持ち、鳥にまつわる庇護神を持っている。鳥居という名称も、関係するかもしれない。しかし忌部氏は同じく宗教を扱う中臣氏《なかとみうじ》との権力争いに破れ、中央から離れざるを得なくなったとも言われています。それにより、日本での大麻吸引の風習も、天皇の朝廷下ではなくなったのではないかとも。

「というか、当然でしょう?」Yが亜美を犯しながら言います。「日本人が、……日本列島の地面から、生えてきたとでも? ここに、住む、人間達の先祖は、全員、……大陸や南方の島などから、渡来してきています。……もっと言えば、あらゆる人類は、アフリカから来ている。……厳密に言えば、オリジナルというものは、存在しない」

グローバリゼーション。最近の現象のように語られますが、古来から定期的に行われていました。日本の伝統、守るべき文化。そういったものはしかし、昔のグローバリゼーションにより、既に何かが破壊され、混ざり合ってつくられたものでした。日本固有の文化、と言われるものの背後には、無数の外国の歴史や文化が既に入り込んでいる。そしてそれは、他の国の文化も同じでした。どこかの守るべき少数民族の文化も、調べていけば、過去にその民族が別の民族を滅ぼし、その文化と混ざり合っていることがある。

オリジナルな文化を辿っていくには、無数のグローバリゼーションの洗礼を、歴史を遡り掻き分けていかなければならない。恐らく私達は、そこに辿りつけない。

何かの文化を誇りに思うには、そこに至る、全ての外国文化の系譜も含め、誇りに思わなければならない。

「ん？　いいのか？　ん？」

Yは、わざと下卑た、通俗的な言葉を使います。性においては、その方が興奮することを自分も知っていました。Yの体の下で、亜美が快楽に喘いでいる。自分のことなど、忘れてしまったように。

「中に出すぞ、ん？　お前俺の便所だろ？」

「はい。はい」

「いやらしい便所だ、んん、便所、んん」

Yが美しい亜美の体の中に射精していました。亜美の奥に、執拗に、わざと全てを注ぐように。自分はいつも、避妊具を使っていた。

何かを考えるのが、難しくなっていく。自分は茫然としていました。ですが、自分を見下すように何かまた口にすると思っていたYも、茫然としているのでした。自分よりも、さらに力なく。

「……射精なんてするもんじゃない。そう思いませんか」

Yが言います。自分がだらしなく性器を出したままであることなど、忘れているかのように。自分は驚きながら、その様子を見ていました。力の入っていないYの全身は、ゴミのゴムを思わせた。

「射精した後の世界ほど、つまらないものはない。……そう思いませんか？……全ての男は充電式である。……ふはは」

表情のない顔で、そう言いました。笑い声には、聞こえなかった。

Yはそれから、不思議そうに亜美と自分を見ました。なぜここに我々がいるのか、急にわからなくなったように。目線が、どこにも合っていない。ゴミのゴムが、無価値の物体が、間違えて意志を持ってしまい、ここで性器を出したまま放心している。そんな風に見えました。首や背中が震えました。とても気味が悪かった。

「焼けばよかった。……そうだ、こんなものは」

Yが立ち上がる。ズボンをどう上げればいいのかも忘れたように、ゆっくりと。何かをまた呟き、なぜか体を一瞬震わせた後、部屋を出て行きました。自分や亜美など、初めからいなかったように。

自分はさっきのYの姿を意識から無理に消し、亜美に近づきました。亜美の体には、まだYの体の余韻が残っている。

「……大丈夫か」

「ごめんなさい。……ごめんなさい」

「いいんだ。……シャワーを浴びよう」

「いや」

「……え？」

「Y様の精子を、せっかく頂けたのに」

頭に、実際に血液が上っていくようでした。眩暈《めまい》がした。

「……お前」

「……届いてしまう。このままでは、妊娠してしまう。……阻止するには」

「ん？」

「私を殺すしかないね」

何を言ってるのか、わからない。ですが、そう言いながら、一瞬、亜美が笑みを浮かべたのです。胸の奥を、自分は何かで突かれていた。挑発してるのか？　何だこの女は？　自分は気づくと、縄を持っていた。何をするつもりだろう？　殺すのか？　亜美を？　脳の隅のようなところで溜まるようになっていた意識が、薄れようとしていた意識が、そう蠢《うごめ》いていた。いや、そんなことが、できるわけがない。自動的にそう浮かび、縄を床に落とそうとした時、縄は床に落ちませんでした。自分の指に、引っかかっていた。縄の形状が曲がっている、と思っていた。少し、曲がっている。巻き付こうとしている。何に。

縄が、自分を、促していました。こうすればいいのだというように。ほら、こうしろ、私はこう動きたいというように。自分は縄を、亜美の体に巻き付けていく。こんな縛り方は、緊縛にはない。ただ相手をむさぼるように、縄が伸びていく。縄が、緊縛の約束事から、自由になっていく。縄は飢えていました。女に。女の命に。——首吊りに使われる縄もあるというのに私は常にコントロールされなければならない面倒なんじゃないか。

「んあああああ」

亜美の悲鳴で、我に返っていた。倒れ込みながら息を荒くしている亜美の横に、縄が気だるく落ちていました。一時的に得た意志を、今は失った姿で。

《ノート5》

一人になり、布団の上で縄に触れていました。その頃、私はYに、畳のアパートをあてがわれていた。畳と縄は近親の関係だった。

指や掌の表面に、ざらついた感触が這っていきます。あまりに、指に馴染み過ぎるものは、危ないのかもしれない。自分と触れた対象の境界を、見失うことがある。触れた瞬間にざらつきを感じることで、その境目を意識することにしました。このざらつきが境界。でも触れながら曲線をつくり、いくつもの曲線の果てである結び目を発生させ、そこからさらに伸びていく線に指を絡めているうちに、そのざらつきがわからなくなる。縄は螺旋の形状をしている。この螺旋が曲線を誘発し、何かを縛る。自分はいつまでも縄に触れ続けていました。歪《いびつ》な幾何学のように刻まれた螺旋の窪みに、二つの目を近づけていく。唇を近づけていく。

亜美を殺しかけたあの時、縄の声を聞いたように思っていました。当然のことながら、縄が話したわけではありません。その形状が表現しているものを、自分の脳が、面倒な人間の言葉に、置き換えた感覚。

日本には、八百万《やおよろず》の神という考え方があります。どのような物体にも、神が宿る。長く所有したものなどを捨てる時、神社に持ち込むことがあります。焚き上げられ、神聖に焼かれ天に昇っていくのです。

この中に、神がいるとしたら。縄の内面。無数の麻糸が束ねられたことにより、出現する集合意識のようなもの。でも縄の中にあると思っていた「日本」が見失われていく。日本も全ての国と同様、精神性も文化も、あらゆる外国の融合物です。全ての文化はそう構築されている。縄は北ユーラシアからの風習。でも縄の起源は中国とも、今のフランスの南の辺りとも聞く。もうわからない。

由来はいい。自分はこの縄というものが出現した瞬間を、讃えるようになっていました。従来の神が、国が、自分から遠ざかっていくようでした。自分が所有する麻縄のうち、四本が、他の縄と異なっているように思っていました。どう見ても、どう触れても、他と異なってると思えて、仕方なかったのです。この中に何かがいる。

働いていたアダルトビデオメーカーは、違法無料動画の煽りを受け既に倒産していた。亜美も何かの勤めを辞めていました。金が再び底をついていきます。

亜美から、Yについて聞かされたのは、いつ頃だったでしょうか。亜美にやや似た、しかし亜美ではない女の写真を見せられました。

「私も、この女の人も、少し整形してるの」

時々、亜美はよくしゃべりました。普段は無口で、狭い場所に行こうとしたり、何を考えてるのかわからない女性でしたが、躁鬱の躁という感じで、稀にこうなるのでした。といっても、それほど極端に、躁になるわけでもないのですが。そういう時、彼女は少し、攻撃的にもなるのでした。

「Yに、そうさせられたの。似てるみたい、彼の母に」

母に似てる女を見つけ、Yがより似せるため整形を強いた。化粧や髪型、服装や趣味も同様に。

「でも彼は母を求めてないの。……そういう振りをしてるの」

「振り？」

「……余興なの、全部。私と初めて会った時、自分の母親に似てると気づいて、Yがその余興を思いついた。ただそれだけ。……性で母を求めるとか、一般的に言われてるでしょう？　だからそれをやってみたら、別の快楽があるんじゃないかと、試しただけ。最初は良かったみたい。だから雰囲気の近い子をもう一人見つけて、少し整形させたみたいだけど、さすがに私より似なかった。……でも飽きたの。人の顔を変えたのに、彼は飽きた。……縛られてなくても、でも縛られてるんだお前

は と、言われたことがある。無縄術だと言って、つまらなそうに笑った。ある意味母親と同じだと。……意味はわからなかったけど」

「……彼は、何者なんだ？」

「わからない。投資家とか言ってたけど、ヤクザかもしれない。何かのよくない経営者かもしれない。無職かもしれない。米軍の関係者と聞いたこともあるけど、……わからない」

Yが以前言っていた、くだらないスキャンダル。亜美は数年前まで、ある政治家の愛人でした。親の地盤を継いだ、大きな派閥に属する無能な二世議員のようでした。体と精神をボロボロにされ、捨てられていた。週刊誌の記者が嗅ぎつけた時、その記者が異動し、編集長が代わった。亜美は何も言うつもりはなかったが、政治家は自分の行為を後悔するのではなく、なぜか亜美を憎んだ。政治家が、Yに亜美を渡す。自分を少し焦らせたこの女を滅茶苦茶にしろと言っていた。亜美が引き渡される時、Yが政治家を銃で撃った。ホテルの一室で、躊躇《ちゅうちょ》なく。ぼんやりと、蚊でも叩く雰囲気で。

「驚いた。私のことなんて、よくある話。……そうでしょう？　それが、よくある話でなくなった。私はもう、全てがどうでも良かったから、Yに渡される時、何も考えてなかった。あなたに理解できるかどうか、わからないけど、人は、特定の状況が長く続くと、感情が動かなくなるの。……でも、その政治家の体から血が噴き出した時、その奇麗な赤を見た時……、心が一瞬、活性化した。胸が、少し、ドキドキして」

そうでした。この話をした時、また亜美が笑みを浮かべたのでした。記憶が、現在に近づくほど、曖昧になっていきます。今これを書いている自分が、正常であるのかも、自信がないのです。

「Yは、すごいの。……あの暗い、薄闇の中にいると、自分が消えたみたいになる。自分が、ふっと、その中でかき消えるというか、……あなたには、辿りつけない領域」

そう言い、また笑みを浮かべるのです。亜美を押し倒し、服を青い下着ごと脱がした。自分の指が、奇妙に細く長く、螺旋となり亜美に巻き付いているように思いました。縄に自分を、委ねていた。越えられないもののために。この縄が、この線が、自分をどこかへ、誘ってくれるかのように。

「あ、ああ」

亜美の体が、吊られていました。複雑に、無造作に、でも計算されているような縛り。美しい。そう思っていました。これは人間ではつくれない。縄の先、8の字巻きで留められた縄尻が揺れている。まだ完成してないと知らせていた。自分は縄尻をつかみます。見える、と思いました。次にどうすればいいか、わかる。縄を巻き付けていく。亜美が悲鳴を上げる。いい。もっとその、命を削る声を出すといい。縄も喜ぶだろう。その声はより縄を活き活きと動かすのだから。静寂を感じました。何かがおかしい、と思った時、亜美が、体を傾け、自らの首に、体重をかけていた。縄の絡まりの中で、より自らを捧げるように、首が絞まるように、わざと動いていた。咄嗟に亜美の首を支え、縄を解き床に降ろしました。何をしているんだ、と自分は言ったように思います。亜美が自分を睨みました。臆病者。亜美がそう言います。

振り返ってみれば、亜美は、もう亜美ではなかったのだと思います。恐らく、自分と会った時は既に。自分の知らない長い年月の中で、既に亜美は徐々に徐々に、本来の人格を失っていたように、思えてならないのです。自分の目の前にいた亜美は、恐らく、たとえば十年前の亜美とは、別の何かだったのではないかと思うのです。なら今の亜美は、何でしょうか。昔の亜美の人格は亜美の脳内で徐々に死に、新たに徐々に現れてきた、別の何か。快楽の陶酔の中で、自動的な死の方向へ動く、残響のような、そういう、動きそのものの存在。それ以外の意志があるのか、ないのか、わからないような、個性も失った、そういう存在。もう終わってしまったかのような、彼女の人生の余韻。

金が底をつき、亜美との行為をビデオに撮り、アダルトビデオメーカーに持ち込みました。でも理解してくれなかった。バイブで責めるシーンはいいが、この緊縛は理解できないと。

なぜ理解できないのだろう？　この胴体のクロスの縄の、上でなく下から右斜めに入り込む見事な角度を？　肩から背中へ流れていく縄が、通常よりやや左に位置する絶妙さを？

関節や人体の仕組みを超え、縄のために人体があるこの思想性を？　崩れやすい均衡が、実は丈夫であると見せかけ、実際に崩れやすいものである二重の擬態性を？　太股に巻かれたこの一本の凜とした縄の、その上に別の縄が交差していることから生まれる離別的な精神性を？

「……呼ばれている」亜美が時々そう言いました。

「……誰に？」

「……人とかじゃない。呼ばれている。待たれている」

自分の目の前に、亜美が吊られていた。自分の手元にもう縄はなかったが、自分がこの吊りをしたと感じられる、筋肉の疲れと呼吸の乱れが体に強く残っていました。Yと、なぜか神沼先生が自分と並んで立っていた。驚きで呼吸を飲み込む。吊られた亜美の体が、卍《まんじ》になっている。

亜美が動くほど、首が絞まっていく縛り。自分がやったのか？　いつ？　美しい亜美の体が捩《ね》じられ、絞められ、千切れていきそうになる。美しい。そう思っていた。こんなに美しい緊縛を、自分はこれまで知りませんでした。

亜美はもう、陶酔しているのか、苦痛に悶えているのか、快楽にいき続けているのか、わからない。亜美が動くほど首が絞められていく。自分の体は、固まっていた。神聖な何かに直面したように、禁を犯してはならないという強い意志に、全身が囚われていたように。性器が硬直していく。

――いい。いい。やっとだ。

「……いずれ、彼女は自分で死ぬところだったのだよ」

神沼先生が、縄の声と被せるように言います。でも彼の顔の色は、脅えて白く抜け落ちていました。

――初めてだ。いい。

「一人で部屋で孤独に死ぬのなら、見られた方がいい」

亜美の体が、激しく痙攣していく。本来なら、もうやめなければならない。でも自分の体が、亜美を縛る縄と同化していくようでした。縄に飲み込まれるようで、自分が、亜美の命を捩じり絞めているようでした。命は予想より我慢強く、中々絶えそうにない。そうでなくてはならない。意識が高揚していました。離れた縄の中に自分が入り込む感覚のまま、さらに強く絞めていました。亜美の命が、早く潰してくれと叫んでいるように聞こえました。残滓だがまだしつこいこの命を終わらせてくれと。力を込めていく。命を、圧倒する。あと少し。あと少しでこの命は尽きる。まだか。まだだろうか。亜美の痙攣が縄を伝い、縄を喜ばせながら私の体をも震わせていた。もっと強く。急に手ごたえがなくなり、殺したと思い、でも勢いの余った力で死んで柔らかくなった命をさらに強固に絞め付けた時、女の実体そのものに触れたような痙攣を覚え、震え続けながら射精していました。ズボンの中に。不安定で丸いものを潰した白と黒の揺れた映像を、激しい快楽と共に実際に目の奥で見たように感じていた。足の力が抜け、涙が流れていました。自分は、何を……?

亜美は、動かなくなっていた。

「……まあまあですね。思ったほどではなかったが」

自分は跪いていました。神沼先生とYが、亜美の遺体を降ろしていく。ビデオカメラが回っていた。

「Yさん」

「……ん？　私に言ったのですか」

「まさか、こうなると見越して、私に亜美を？」

Yは、不思議そうに自分を見ていました。でもやがて、自らの指をぼんやり見始めた。亜美を降ろす時、少しひねったのかもしれません。自分が指をひねったというのに、話しかけてきた目の前のこの男が、不思議であるし不快でもあるというように。

「こうなれば面白いな、とは思ってましたけどね」

Yに用意されていた部屋のすぐ前にマンションが建ち、息苦しさを感じるようになりました。窓からは、十字の影が三つ、傾く太陽の光を背に入り込んでくるのです。電信柱でしたが、自分には、歪な十字架にしか見えなくなった。全人類の罪を被り十字架に拘束されたキリストの姿を、人々は絵や彫刻で再現し続け、崇めるために永遠に拘束し続ける。その痛みを味わおうと、自らを鞭打つ行為まで昔はあった。その時に快楽を得た場合、それは神聖なものなのか、限りない冒瀆なのか。キリストを磔《はりつけ》にした十字架。キリストを拘束して殺したものであるそれが神聖視されるなら、亜美を殺した四本の縄も神聖なものになる。しかし、自分を、その考えに追いつかせることができませんでした。十字架に、西洋の神に、ただ罰せられている感覚。視野の広い西洋の神が、日本にいる自分も見逃さなかった感覚。神。自分はすがろうとしました。でも神社には、殺人者を救う明確な教えはない。天皇陛下。しかし自分はそこから一度離れた不敬の存在でした。神。西洋の神。ですが、自分はそこに向かうこともできませんでした。西洋の神は、自分に馴染みがない。急に言い寄るのも愚かです。自分の前には、亜美を殺した四本の縄がありました。神がここに宿っているとして、でも自分は、この神と付き合い続ける精神の強さがない。

——ならお前も死ねばいいんじゃないか？　ついてこられないのなら。用が済んだのだから。

亜美が日本に捨てられた水蛭子であるなら、自分は日本の意志を貫徹したことになるのでしょうか。でも自分は日本の神から離れている。水蛭子の側に立つために、過去に朝廷から禁止された、古代の風習を犯そうと思いました。近親者が死んだ時、周囲の者達が、自らの髪を切ったり、太股を刺したりして悲しむ行為。北ユーラシアから日本に入ってきた古代の風習で、昔の朝廷がやめさせていた。なら自分は、その禁に抗う。包丁で髪を切り、そのまま太股に刺しました。激しい痛みとともに、でも自分は当然気づくことにもなります。水蛭子を殺したのだから、やはり自分は神の意志を貫徹したのでは？　いや、でも自分はそれに与《くみ》したくない。一貫性のない迷宮に入り込んだ自分は宙吊りとなり救いも温度もなくただ罪として存在していました。いや、武烈天皇なら……。断髪や自傷の風習を禁止したのは、武烈天皇より後の孝徳天皇です。朝廷内の争いに敗れた忌部氏なら。いや、それも、何か違う。混乱した私は、神沼先生が調教を任されていた女を、横から奪うように縛り上げたりもした。死んだ亜美と、そしてもう何かわからない神に捧げたいと思った。その女は目隠しをされ顔はわからなかったが、なぜか亜美を連想させた。私の中では神も死んでしまった。だから犠牲を捧げなければならない。私はずっと、喪服を着て生活していた。狂っていたのでしょうか。そうだったのかもしれません。

「可哀想」

自分にそう言う声を聞き、顔を上げました。いつのことだったでしょうか。Yの横にいた美しい女性が、自分にそう言ったのです。桐田麻衣子と名乗りました。

《ノート終》

Yがどこかに消え二人切りになり、伊藤亜美が生前住んでいたアパートに、連れていかれました。初めて入るそこは、まるで大学生の男の部屋のようでした。Yが昔の何かを懐かしみ、亜美をそこに住まわせたのかもしれません。麻衣子様が、ハイヒールではなく、似合わないスニーカーを履いていることに、玄関で気づきました。歩くのが好きなのだと、照れたように言いました。

「縄が、動くのでしょう?」

麻衣子様が、興味深そうに言います。自分を見つめながら、紫のキャミソール姿になりました。

「……してみて」

亜美を殺した四本の縄を、バッグから出しました。麻衣子様の白い肌に当てた時、身震いがした。禁を犯す感覚。あれは畏れだったと今では思います。震える指に混乱する意識を何とか集中させ、麻衣子様の腕を後ろで縛りました。でもやはり違和感があるのです。縄が気だるく、うなだれたようになっていきます。自分が縄から疎外されている。

「ああ、いい」

でも麻衣子様が言います。しかし自分は、縄の動きが見えない。どうすればいいか、わからなくなったのです。自分の経験と技術を思い出します。これがいいと言うなら、次はこうすればいいはず。縛っていくと、麻衣子様が吐息のような声を出します。何という美しさだろう。そう思っているのですが、自分の性器は硬くなりませんでした。でも、満足させなければならない。三本目の縄を継ぎ、両足を固定しようとしました。

「んん、いい。あ、あ、あははは」

麻衣子様が笑いました。我慢しきれなくなったように。血が冷たく引き、手足の力が抜けました。でも麻衣子様がすぐ、自分を気の毒そうに見つめるのです。

「……ごめんなさい。笑うつもりは、なかったんだけど」

そう言い、顔を近づけてきた。あまりに美しい顔を。

「……あなたの本当の願いを、叶えようか？」

麻衣子様が、自ら縄を解きました。自分の縄は、そもそもしっかり縛られていなかった。麻衣子様がこちらの喪服の黒いネクタイをつかみ、ゆっくり下げていきます。自分は自然と跪く姿勢になりました。しかし麻衣子様もしゃがみ、さらにネクタイを下げます。こちらが地面に這いつくばるようになった時、麻衣子様がネクタイを踏みそのまま立ち上がりました。自分は這いつくばったまま起き上がることができない。麻衣子様を床から見上げることしか。

そして麻衣子様は、こちらを縛ったのです。

当然自分は縄師ですから、縛られたことはあります。自ら縛られることで、感覚を知る必要があるからです。でも相手はいつも神沼先生でした。

腕を後ろに回され、麻縄で縛られた瞬間、涙が出ていました。亜美を殺したことについて。神を失ったことについて。自分の空虚な人生について。これからどうしたらいいか、わからないことについて。縄師としての才能も、実は何もなかったことについて。亜美はただ、殺されたかっただけでした。死ぬには勇気がいるが、でも快楽の忘我の時に、殺されるならそれがいいと。縄に狂う自分が、彼女の望む最適な人間だっただけでした。

「……可哀想に」

麻衣子様が、自分をきつく縛りながら言います。

「ずっと、こうされたかったんでしょう？」

自分の性器は、当然のように硬くなっていました。ずっとではない、と思っていた。恐らく、亜美を殺してから。

「ほら。……ああ、恥ずかしいね。こここんなにして。何これ。みっともない」

後から聞いたのですが、麻衣子様は基本的にMの属性ですが、時々発作的にSの属性になるようでした。SとMを両方嗜好する者達は少なくない。この業界で、スイッチャーと呼ばれる存在です。

手を後ろに縛られ、自分は跪いています。麻衣子様が、その状態の自分の性器を踏みました。惨めに硬くなっているそれを。

「……これ潰しちゃおうか。全部解決するんじゃない？」

呼吸がつっかえるようになり、恐怖で体が震えました。踏まれる痛みが、快楽へ変わっていく。自分は麻衣子様を見上げ、すがりました。意志を、預ける。自分という存在の判決を。善悪の基準を。生きる上での選択の全てを、この存在に。涙が流れ続け、息が苦しくなっていた。自分が剝奪されていく。

「まだ射精しちゃダメ」

「……無理です」

自分が返事をした瞬間、麻衣子様が自分の性器を蹴りました。激しい痛みの中、射精していた。こんな射精は経験がない。屈辱で、肩や背中が震え続けます。でもこの屈辱が、自分を解放していました。自分の全ては、麻衣子様にある。屈辱は自分が自分であることを、諦めさせてくれる。自分の意識そのものを、麻衣子様に預けるように。

「……可哀想に」

麻衣子様が、自分の頭をその胸に抱えました。ありがたい。また涙が流れました。柔らかい胸に、自分のような虫ケラを埋めさせてくれるなんて。「可哀想に」そう言いながら、麻衣子様が再び自分をきつく縛ろうとします。「可哀想に」「可哀想に」自分は苦痛に悲鳴を上げました。麻衣子様は、こちらに同情しながら涙を流していました。縛っているのは、麻衣子様なのに。そこからの記憶は、ありません。後から聞けば、自分はそれから二度射精したそうです。

自分はこの部屋と、私の部屋で、ほとんど常に拘束されながら生活していました。緊縛には、私の畳の部屋の方が、やはり向いていました。自由。無力にそう思っていました。自分の人生から、罪から、悩みから、自由になっている。奴隷の自分はもう、選択する必要がない。麻衣子様の意志一つで、どうにでもなる存在でした。そこには、きつく罰せられる快楽も潜んでいた。麻衣子様は、動けないペットを飼育するように、雑ですが家事まですることになった。Yと麻衣子様の観ている前で、自慰をしたこともあります。Yも麻衣子様も笑わず、ただ気の毒そうに自分を見ていました。自分の精液が惨めなほど飛び散った屈辱に、体がまた熱くなる。麻衣子様が欲情すると、性器を舐《な》めることのみを許してくれました。麻衣子様が自分の顔に跨《また》がり、自分は奉仕します。自分は麻衣子様のバイブレーターに過ぎない。麻衣子様の小便を顔にかけられ、顔面を踏まれながら、自分が昔、政治的なことに興味を持とうとしたことを思い出しました。理想の国家の形は、これだろうと思います。支配する側に従順に、刃向かわず、選択の全てを預ける。これは快楽です。「可哀想に」麻衣子様が汚れた顔を優しく抱えてくれます。自分は不幸で幸福でした。

麻衣子様は、相手によって、印象が違うようでした。本人は優しく、やや無邪気なところがあるだけなのですが、その過度の優しさが、望みを叶えようとすることで、相手の本来の欲望を自然に引き出してしまうのかもしれない。たとえその欲望で、相手が死ぬことになっても。人の生死に対しても、それほど極端ではないですが、麻衣子様は何というか、奇妙なことに、少し無邪気なところがあります。自分の優しさから相手が破滅しても、その相手に同情するのです。

麻衣子様は、一体何者なのだろう？

Yと麻衣子様が、どう出会ったか知りません。ですが一度、麻衣子様が言ったことがあります。Yの中には暗い空洞があって、それがとても可哀想だったのに、最近少しおかしいと。コンピューターのバグのようなものが、彼の中で以前より増えている気がすると。それが私のせいだと言って、責められるので怖いと。

麻縄という聖なるもので、相手を縛るとは何か。それは以前の自分が考えていたように、神に女性を捧げるためではありませんでした。聖なるもので縛ることで、日常の、この味気ない世界の理《ことわり》を超えるためです。緊縛が発祥した江戸時代、縛られた罪人達に人々が感じた独特の美しさには、動けない相手に性的な欲望を誘発されることに加え、法を超えた者に対する、羨望もあったでしょう。でもそれだけでなく、神聖なもので縛ることには、この世界から別の場所にいくことが含まれます。麻縄による緊縛とは、あらゆる意味で境界を越えることです。世界を超えた場所で、私達はあらゆる体験をするのです。そこには至高の幸福がありますが、自分のように、間違えて危険な領域に入り込み、破滅する者もいる。

麻衣子様には、こちらを縛る縄に、麻縄を使わないで欲しいと頼みました。自分には、麻縄で縛られる価値もないのですから。

あらゆることを忘れそうになるのですが、まだ自分が人間であるうちに、これまでの自分をここに記します。自分の意識の全てが、Yと麻衣子様に飲み込まれる前に。自分のような卑小な自我では、思えば、彼らに飲み込まれるのは当然のことです。

麻衣子様に縛られながら、一成というYの決めた自分の今の名を思い出します。Yが自分を前に、寝転がりながら決めた名前。一つ一つ、大きなことを成し遂げる意味。でも自分の場合、一つしか成功しない意味だったのだと思います。亜美を殺すことだけしか、役割のなかった人生。その物語。Yはその名を渡す時、今思えば、薄く笑っていた。こうなることを見越した、たちの悪い冗談を人の名前に――。

亜美。僕もそろそろそちらにいくよ。こうなったからといって、当然許されるわけじゃないからね。僕の人生は終わった。僕は本当は、君を助けなければいけなかった。政治家に会う前の君に、その意識の奥で気絶していたようになっていた本当の君に、呼びかけて、生き直すことが正しかったんだ。もっと楽しい緊縛をして、一緒に齢を取って……。

でも、もう全ては遅い。……自分のこの人生は、一体何だったのだろう。存在が薄弱だった僕が、縄に呼ばれ、そこに行き着くためだけのものだったのだろうか。その先には、あのような悲劇と破滅しかなかったというのに。そこまでに、何が導いたのだろう。神だろうか。いや、多分、それは神ではない。もちろん僕に全ての責任があるのだけど、何かの、流れが、僕達の中に……。

……人生というものは、一体何だろうね。

9

「……私を罰するなら、罰すればいい」

　宮司の男、神沼が言う。宮司としての本名は石田《いしだ》だった。古い民家だが、隅まで神経質に磨かれている。

「吉川による伊藤亜美の死を見た後、私はうなされるようになった。……卍《まんじ》。あんなに美しく、悲惨な死の形状はないと思った。どう見ても他殺なのに、なぜか首吊りの自殺死体と処理されていた。……私はYと、Yの背後が恐ろしくなった」

　遠くで少女の声がする。

「離れたい。離れて自首すると言った。そうしたら、女をあてがわれました。私に女？　私が一体、どれだけの女と関係してると思っているんだと……だがその女は、子供を連れていた。ソープで身籠り、誰の子か知らないと言う。……私は情が湧き、今彼女達を養っている。私も年を取ったということです。Yが私に口止め料としてプレゼントしたのは、家族愛ということですよ。……彼は心底、人生というものを軽蔑している。私が家族愛と自分の罪の償いの狭間で苦しむことも計算している。……彼女達に僅かな資産を譲った後にでも、私がいずれ自殺でもするだろうと。……この神社は、参拝客用に縁結びの御利益を謳っている。……もう黒い冗談だ」

宮司が私を凝視する。伊藤亜美に似ている山本の顔は、直視できていない。

「……一応聞くが、Yの居場所は」

「知りません。……振り返れば、私は本名すら知らない。これは本当です。吉川は調べてYの本名を知ったようですが、まだ内面を支配されていたのでしょう、畏れでイニシャルしか書けていない」

嘘を言っているようには見えない。今さら庇う理由もない。

「このノートは」

宮司が言う。少女のはしゃぐ声が遠くで響く中、彼の声は震えている。

「あなたにお渡しする。……好きなようにしてください」

助手席に身体を預けた山本は、フロントガラスのやや上を見ている。澱んだ雲しかないそこを。

「お前は昨日、広い場所が苦手と言った。……そういう、調教でもされたのか」

「それが目的だったのかはわからないですが、……そうかもしれません。狭い場所に入れられた」

「それは檻か？」

「え？　はい。エサを与えられたり、やはりよく似合うと言われたり、……でもどうして」

「……簡単だ。これでＹが誰か、恐らくもうわかる」

アクセルを踏む。背後の古びた神社が遠ざかる。

「お前は、私を助けてと言ったが、それは死ぬという意味か」

山本は何も言わない。ただフロントガラスを見続けている。自由を奪われて倦怠の大きくなった俺がＹを逮捕すれば、Ｙはお前を殺すんだろう。……恐らくそういう人間で、そういう人間であるＹが、気晴らしに人でも雇って。お前に警護をつけても、執拗に長年狙われれば防ぐのは難しい。Ｙに支配されているのは精神だけじゃないだろ。金もだな」

「……はい。私の負債です」

「いくらだ」

「言えません。自己破産すれば済むタイプのものじゃないです。正規に借りてるわけじゃない」

山本はまだ、斜め上の空を見続けている。

「一応言っておくが」私は言う。私の声は、冷酷に響くかもしれない。

「……恐らく、この世界に神はいない」

10

スペアキーを差し込み、ドアを開ける。

オレンジのライトが、部屋の奥でぼやけながら光っている。時々薄くなり、消えかかっている。

靴を脱ぎ、深い絨毯の廊下を歩く。部屋の中央の革張りのソファに、男が座っている。こちらを向きながら。

「……驚いた。まさか辿り着くとは」

男の右手には、中指がなかった。開けられたスーツケースが、部屋の隅で倒れている。中身が入っていない。

「……誰かが、しゃべったのか。でも私の本名は、ほとんど誰も知らないはずだが」

オレンジのライトが一度消えかかり、今度はやや強くなる。部屋がかなり乾燥している。目が乾き、意識的に瞬きをした。

「吉川の、遺書のノートが」私は言う。声が掠れる。「お前の緊縛師の、神沼の神社に埋めてあった。……つまりその遺書が、吉川の埴輪代わりだったんだろう」

「……それで?」

「そのノートに、全てが書いてあった。注意深く、読まなければいけなかったが。……お前は母親を連想して、雰囲気の似た二人の女を整形させた。二人とも、妙に狭い場所に行こうとする。伊藤亜美は吉川と会った時、身体に幅のある横の縞模様の日焼け痕があったと書いてあった。背中にはなかったらしいから、部屋の窓際などで、檻に入れられ横向きで寝たのかもしれないと推測した。……あらゆる可能性のうち、二人とも狭い場所が落ち着くようになったのは、そう調教などをされたのかもしれないと思った。山本に聞いたら、やはり彼女は檻を使われたと言っていた。しかもお前は、母親に似せた彼女が檻に入っているその様子を、やはりよく似合う、とまで言っている。縛っていなくても、縛っていることを、お前はふざけて無縄術と名付けている。それが母親と同じであると。……だからお前の母親は、刑務所にいたんじゃないかと推測を立てた。……そして桐田麻衣子の名刺には、指で挟んだ形で右端に一ヵ所、左端に一ヵ所、皮脂がついていた。桐田が片手で吉川に渡し、吉川が片手で受け取ったと思ったが、違う。吉川は奴隷になっていたから、名刺を渡されれば跪いて両手で受け取ったはずで、皮脂の数はあれよりもっと多くなる。つまりあの名刺は、第三者があそこに入れたんだ。お前だよ。桐田の名刺入れから抜き取った時に一度。手帳に入れた時に一度。……中指がないから、つまむように持つため皮脂の位置はあのようにより限定される。名刺を入れた理由は一つしかない。桐田を犯人にし刑務所に入れるため。お前は桐田を少し恐れていたが、でも誰かに取られるのは気に喰わず、離れていても縛りたかった。……だからもしかしたら、お前は自分で母親を刑務所に入れたんじゃないかとも思った。人間は時に自分の行動を繰り返す。特に最後に近づいている時には」

「……ほう」

「後は簡単だ。伊藤亜美と山本真里の写真データを、全国の女性の刑務所に送った。実はそこまで似てはいなかったが、一人の女性が浮上したよ。夫を殺害し、証拠不十分だったが、息子の証言で刑務所に行った女。出所後、息子の所に帰らず、池に身を投げた女性。……富樫が死んだ場所ではないが、そことよく似た池に彼女は落ちている。間違いないと思ったよ。あとはその息子の名前を調べるだけだ。……お前が富樫にこだわったのも、やや自分と重なるところがあったからじゃないか？

お前は、フラフラと揺れている。事件の全部から受けた印象はそうだった。初めは桐田に罪を被せようとした。死体を処分するのをやめ事件化し、桐田を遠ざけることと、つまり母親への繰り返しをすれば、少し面白いんじゃないかとお前はちょっと思ってしまった。悪い癖のように。偽造の身分証にも詳しそうだから、桐田がお前のことを吐いても海外に消えられる。でもすぐ桐田が惜しくなり、吉川への罪を、誰かに被せようとした。それで恐らく、今連絡がつかなくなっている、山本真里のヘルスの店長を雑に殺害した。短い遺書を偽造して。でもそこで、富樫が現れた。面白いとお前は思った。山本真里のことや、店長の死体の部屋の住所などを書いた手帳を、桐田を経由して渡しただろ。富樫の筆跡ではないとそれを見た山本は言っている。子供みたいに崩れた字だったとも。中指がないお前が遊びで書いたと俺は見てる。犯人を山本真里にするか死体の店長にするか迷った結果、山本に決めたから店長の死体は必要なくなり、部下達にでも処分させた。だから富樫が山本を殺せば、全て終わった。でも富樫が殺さなかったから」

私は自分のベルトに手を回す。

「お前が富樫を殺したな」

「そうだ。お前とは初対面だが、彼とは二度会ってるんだよ」

Yが私に拳銃を向けた。でも私の方が一瞬早く、拳銃を構えていた。

「……日本の刑事は、交番の巡査以外、平時に銃の携帯は許されてないはずだが」

Yの顔に笑みがつくられていく。

「しかし、ふはは。……まさか自分の人生で、何者かとこんな風に、銃を向け合う日が来るとは」

目を逸らすことは、もうできない。Yがまた口を開けた。歪んだ口を。

「……私は、全てをやったよ。自分の人生において、文字通り、全てだ。……そうしたら」

ソファに、深く背を預けている。

「こうなった」

だらけた身体。整っていただろう顔にも、今は力が入っていない。私の手首の数珠に、視線を留めている。

「現実が、ただの映像にしか、見えなくなった。……興味の喪失だ。そこに人間がいても、それが人間に思えない。ただの絵だよ。さわれる絵。自分の過去も、大半は忘れてしまった。虐待を受けて育ったとでも、両親の愛情を得られなかったとでも、何でもお前の好きな過去を私につけるといい。気がついたら、こうなっていたのだよ。……桐田という女を見つけた時、久し振りに自分の内部が騒ぐ感覚があった。だが駄目だ。あの女は妙に危ない。私が引き寄せたのか、彼女が私を引き寄せたのか。……あの女は、私を可哀想と言う。私のやることを、叶えてあげたいと言う。……吉川が以前言っていたように、人間の本質、その欲望をあの女が引き出すのだとしても、でも私のやりたいことはもう何もないのだよ。だから自分のやることが、どんどんおかしくなる。何もないのだから。私がフラフラしている？　それはそう思うだろう。揺れながら動いていたこの事件の全ては、私の内面の揺らぎをそのまま反映していたのだから。お前は揺らぐその細い線を、しつこく辿ったんだろう」

前のテーブルには、錠剤のゴミが散らばっている。ソラナックスや、デパスなど。キャンディーの屑を思わせた。

「葉山雄一《ゆういち》。お前のことは知っている」

Yがまた小さく笑みをつくる。銃をやや下げたが、また私に向けた。

「元捜査一課の、蜷川《にながわ》署の刑事。……刑事だからといって、人を殺すのはごくまれだ。でもお前はよくそういう機会にぶつかるな。不幸な星回り。お前が引き寄せてるのか、お前が元々そういう人生なのかは知らんがね。暴力団の抗争に出くわし、銃も使わず二人殺した。警察でも手が出せず、罪を逃れるような人間が幾人もいることを国民はまだあまり知らない。そういう人間の所に銃を携帯して出向き、撃ったこともある。……全て、他の人間を助けるためだが。被害者の代わりに犯人を殺そうと、自殺に追い込んだこともあるな。お前の周りはよく人が死ぬ。……お前の恋人も」

表情を変えないように、意識した。気づかれないように、呼吸を整理する。撃つ瞬間、人は大抵呼吸を止める。息を吐けば身体が弛緩するから、無意識にそうする。男の呼吸を測るが、読めなかった。もしかしたらこいつは、息を吐きながら撃つかもしれない。

「……お前はまともじゃない。そうだろう？　麻衣子の誘惑を回避するとは思わなかった。もし麻衣子に溺れていたら、面白いゲームになると思ったんだがね。お前はお前の性質とやらを思い出し、常にそうしてきたように麻衣子をコントロールしようとし、でも俺がいるから上手くいかず、破滅する。……いや」

そう言い、表情をさらにだらけさせた。

「んん、……そういえば、一つ疑問があるな。富樫という刑事は、実は以前から知っていた。私が遊びでやっているクラブに来て、遠くから顔を見た時、まともじゃないと思い興味が湧いてね。……麻衣子に誘惑させて、破滅するのを眺めようと思った。麻衣子は私の闇に応える優しさを発揮しようとして、誘惑したのだが、いざとなると今度は富樫に同情してやめ最初は成功しなかった。……その麻衣子に、お前を誘惑しろと言った時、妙にあっさりそれを受けた。……まさか、俺が敗けると思ったか？　優しさから、俺を終わらせようと、……まあ、それが望みなんだが」

「お前は」私は言う。喉が渇いていた。

「もし俺から逃げられたら、どうする」

「どうする？　それは私に聞いたのか？」

考え事をしている最中に、話しかけられ驚いたのだろうか。目までもが、急に虚ろになっている。

「私はもう終わる人間だ。全部巻き込むだろうな。最近は、昨日したことを、今日すでに少し後悔することもある。ふっと思ってしまったり、するんじゃないか。山本真里を殺そうとか、麻衣子を殺そうとか、他の誰かを殺そうとか。さらに刑務所に入ったら、私のこの傾向は加速する気がするな。面会に来た弁護士などに暗号で伝え、それを実行するんじゃないか。……刑務所の外の騒ぎの報告を受ければ、私はちょっと口角でも上げるんじゃないか。……つまり」

Yがまじまじと私を見る。私の目の奥を。力の入っていない目で。

「お前は私を殺すしかない。そしてお前が私を撃った瞬間、私はお前を撃つ。あとはお互いの撃たれた箇所、血管や臓器の位置で生死が決まるだろう」

撃鉄は、もう降ろされている。指が動けば、もう撃つことになる。

「……しかもお前が運よく助かったとしても、私を殺した刑事となれば、私に利権を持つ連中からお前は狙われることになる。だからお前は、どのみち死ぬ。……ん？　脅えがない。　喉が渇いてるように見えたのも、この部屋の乾燥のせいか？ん？　なぜだ、死にたいのか？」

「……いや」

「ならなぜだ。私を見逃すか？」

「いや」

「……お前はなんだ。他の人間のことなど、どうだっていいだろう」

他者。桐田麻衣子も、山本真里も、私から近い人間ではない。私が命を危機に曝してまで、救う存在ではない。なのに、なぜだろうか。私の中に、彼女達を見捨てる選択肢がない。しかもこれは、善でも優しさでもない。何だろう。

「お前は、こっちの人間だ。そうだろう？」

Yが言う。Yの声も乾いている。

「人生に喜びを覚えるのは、勝手だよ。他人を押しのけ、幸福をむさぼり、それを他者にアピールし続ければいい。でも時々、こんな風に、バグを起こす奴もいる。人間がこんなにいるんだ。そうなる奴もいるだろう？　人間は醜い。放置された飢えた人間の数が、それを証明している。よくもまあ、こんな世界の有様で、この世界は美しい、私は幸福だなどと言うことができるもんだと感心する。自分を善人だと思えるんだから、人間というのは本当に化物だよ。そしてこういうことを言われると、保守的な人間ほど本気で怒り出すから滑稽だ。……ふはは。気づいたか。今のは全部嘘だ。私はそんな意見は持っていない。他人のことなどどうでもいい」

Yが笑う。つまらなそうに。

「たとえば、何十万年前の人間の人生がどうだろうと、それがどうしたというんだ？　人間が絵のように見えるとはさっき言ったか。正確に言えばだな、色にしか見えない。髪の色、肌の色、服の色。それが動いたりしゃべったりするだけだ。立体の絵具だよ。そもそも人間は手が生えていて、そこから五本も指が生え、ものをつかんだりするんだ気持ち悪いだろ？　唯一私を震わせたのは性だ。だがそれもやがて飽きがくる。射精した後の気分は最悪だろう？　射精する前からな、もうその快楽の程度とその後の倦怠を想像してしまう私のような人間は、射精するのもだるくなるんだよ。人間はどんなことにも慣れていく。どんな異常な性にもやがて倦怠が来る。想像力と慣れが加速して混ざり合うと人間はこうなる。……お前は人生に喜びを感じられない。そうだろう？　大抵のものはくだらないと思っている。なのになぜお前がいま命を懸けてるのか私が教えてやろうか。それはな、それがお前の習慣だからだよ」

Yが私に銃をやや近づける。

「自分の役割はこれなんだろうと、お前は思っているんだ。自分は人生にそれほど喜びを感じられないし、不幸も多い。だが妙に能力だけがあり、保身もないために、結果人間を助けてしまうことがある。お前はそんな自分と自分の人生を、眺めているんだろう。無数に人間が動くこの世界で、通常の人間は自分の存在の傾向やその意味など考えないが、お前は自分の存在はこんな風であることを自覚してしまっている。だから、そう動いているだけだ。自分を観察するみたいに。……もういいんじゃないか？　ええ？」

Yが深く息を吸い、吐いていく。吐きながら声を出している。

「何にも執着がないだろう？　私と同じだよ。お前はこの世界に合わないのに、存在してしまったバグだ。賢過ぎるのも考えものだな。ええ？　お前は人生がどういうものか、私と同じでおおよそわかってしまっている。さあ、どうなるか。果たして、どちらの弾が、どちらのどこに当たるのか。ん？……でもなんだ、あと一回くらい、射精してみたい気もするな。おお、そうだ、お前これを知ってるか？」

不意にYの指が動いた瞬間、私は引き金を引いた。

「……お？」

乾いた音。何度も私が聞いた音。Yが額から血を流し、崩れ落ちていく。私の身体に痛みはない。

「……ふうん」

Yが倒れながら呟いている。何かに納得したように。

「……ふ、ふうん」

目の前で、人間が死んでいくこの感覚。以前よりましになっているが、何も感じないわけではない。Yの目が、不思議そうに何かを見ながら、やがて動かなくなる。Yの口から血が垂れている。私は激しい嘔吐が込み上げ、しかし飲み込む。あの世があれば、どんな理由があったにしろ、私は地獄に落ちるだろう。

でも私はやり直しても、同じことをするとしか思えなかった。これが私の人生ということなのだろうか。この男を生かしておくと、やはり桐田や山本に被害が及ぶ。他にどうすればよかったのか、わからない。私の今からやることは、しばらく続くこの感覚に、ただ耐えることなのだろうか。

私はまだ立っている。まとまらない考えの中で。何度も見てきた死体の横で。

11

「……何を言ってるの?」

「だから、Yは死んだんだ」

山本真里が、呆然と立っている。山本が住む古いアパートの脇の、汚れた川の側。川は濁り、流れていない。

「Yに移っていたお前の負債も、全て消えた。Yから渡されていたクレジットカードも同時に使えなくなったわけだが、……これをやる」

Yの部屋の机に、無造作に置いてあった百五十万。あのまま置いていれば、警察に回収され、国庫に入り無駄に使われるだけの金。

「Yが、死んだ……?」

「ああ。だから」

私は山本を見る。山本が泣いている。

「お前は自由だ」

排水溝のような川には、鳥も魚も見えない。自転車の前輪が見える。何かのペットボトルや缶が浮いている。もう何年も、そこで浮かび続けているのかもしれない。

「でも、私は」

「過去など関係ない」

「関係ない？　簡単に言わないで。私がどんな風に生きてきたか、あなたは知らない。私は」

「うるさいな」私は煙草に火をつける。

「こうなったんだから、もうしょうがないだろ。……だから」

山本が泣きながら手で顔を覆う。混乱している。

「お前は生きろ」

この目の前の川の澱みは、誰かがこれ以上何かを捨てなければ、少しずつ流れていくのかもしれない。日が傾いていく。目の渇きを感じ、強く瞬きをした。

「手始めに、何か始めることからすればいいんじゃないか。……何か、やりたいことは」

顔を覆う山本の両袖が、擦り切れている。髪が少し短くなっている。恐らく自分の髪を、彼女は自分で切っている。

「答えろ。何かやりたいことは」

「……絵が描きたい」

「なんだ、あるじゃないか」

「SMは好きだし、続けたいけど、……看護師の仕事にも、少し興味がある」

彼女が泣きながら蹲《うずくま》る。まばらな通行人達が、私達を振り返りながら通り過ぎていく。私は二本目の煙草に火をつける。彼女が泣き止むまで、私はここにいなければならない。

私達は当然のことながら、互いの人生の全てを知っているわけじゃない。人が誰かに出会う時、そこでふれるのは相手の人生の断片だ。

恐らく、もう彼女と会うこともないだろう。

*

「……つまり、事件は解決したわけだ」

署長が言う。禁煙の署長室で、煙草を吸いながら。

「吉川一成を殺害し、その犯人にするため富樫を殺害したY、つまり山田豊《やまだゆたか》は、金のトラブルで暴力団員の男に殺害されたと見られる。その男は逃走中で、行方がわからない。この私の結論……、あり得るか？」

「ないですね」

私は笑う。署長が、私にも煙草を吸えと仕草で促す。

「拳銃の携帯許可は頂いてましたが、私は明確に額を撃ちました。相手は確かに銃を構えていましたが、刑事が狙う箇所として適切じゃありません」

「そして、……山田豊の銃には、弾が入ってなかった」

そうなのだった。彼の引き金は引かれていたのに、発砲していない。

「もちろん、お前は弾が入っていると思った。だから撃った。それでいいんだ。しかしこういうことにこだわる連中がいる。……でも確かに、別のシナリオは無理だな」

署長が唇を歪める。今気づいたが、彼の癖だ。

「しかしこの件は特殊なんだ。山田は様々な勢力と、今は緩くなっていたが確かに関わりを持っていた。誰もこの件を深くつつきたくはない。山田がいなくなったことで損をする政治家連中も何人かはいるだろうが、そいつらも騒ぎは起こしたくない。捜査一課も初めから深くつつく気がなかった。……だが利権を失った連中が、お前に何か危害を加える可能性がある。だから撃った刑事の名は公には伏せる。そして弾の件は大ごとにしないよう働きかける」

「……いや、私は」

「名前を伏せるなど警察ではよくあることだ。お前がやったと当然記録は残るし上層部にも伝えなければならないが、警察内部からマスコミや妙な組織にお前の名前だけは漏れないように小細工をするよ。……名前が漏れると、警察の別の不祥事が出ると匂わすとか」

「……本気ですか？」

「何言ってるんだ？」

署長が力なく笑う。彼とは、もう少し話しておけばよかった。

「俺は大した実績もないのに、所轄だが署長にまでなった男だぞ？　こういうことが上手いんだ。……定年前の、最後の仕事だよ。だが上手くいかない可能性も高い。その時は、申し訳ないな。お前が今どうせ持っている辞表をその時は受け取るから、……お前はどこか、海外にでも逃げろ」

富樫幹也には、遺族が一人いる。家庭環境は悪く、特に母との関係に重大な欠落があった。母親は富樫が小学五年生のとき薬の過剰摂取で死に、父親の方は、いま老人ホームにいた。父親は後妻と既に離婚しており、認知症が進み、富樫にも伝えず施設に入っていた。富樫の死を、わざわざ伝える必要を私は感じない。

「富樫さんの、遺品……」

「ああ、どうするかな」

小さな警察葬を済ませ、富樫は既に骨壺に入っている。死亡時に富樫が着ていた見覚えのあるスーツ。見覚えのある靴。

富樫は吉川のもう一つの部屋に行ったのだから、そこで死体を見た可能性が高い。下手な遺書があった死体。あの遺書をちゃんと見つけて確認していれば、その死体に罪を被せ、表面的には事件を終わらせることができたのではないだろうか。助かる機会が、そこにあったのではないだろうか。

そして池の前で対峙したあの時、やはり富樫を止めるべきだったろうか。たとえば彼を油断させ、拘束するべきだったろうか。しかし富樫も刑事だ。上手くいっただろうか。撃ち合うことになりかねない。

私はハンカチに目を留める。女もののハンカチ。動悸がする。イニシャルがある。

K・T。富樫久瑠実《くるみ》？　富樫の母親の名前。

「……このハンカチは、どこに？」

私は隣にいる総務部の女性にそう聞いている。呼吸を整えられない。

「なんでしょうね。女もの」

彼女が言う。

「富樫さんのスーツの右ポケットに、入っていたんです」

あの時、銃ではなく、まさかこのハンカチを握っていたのか？　子供に返り、すがるように？　それほど怖かったのか？　追いつめた私が？　それほど私が怖かったのか？

「……そうか」

私は彼女の側を離れ、しばらく歩いた。どこへ行けばいいだろう。非常階段へのドアが視界に入り、開けて外に出た。煙草に火をつけ、座り込む。

「あいつは……」

風が舞っている。富樫がもう、見ることのない世界。そして私は、まだ生きている。

〃お前は人生がどういうものか、私と同じでおおよそわかってしまっている〃。Y

である山田が、あの時私にそう言った。

何を言っているのだろう？　目が滲んでいく。私は人生というものが、これまでもずっと、わからない。

エピローグ

桐田麻衣子。本名、桐田景子《けいこ》。

彼女の児童養護施設での記録が、私の手元にある。

桐田は六歳の時、両親を失う。生活は裕福でなく、共働きだった両親は、周囲から見れば桐田に対しややそっけなく映った。だが実際は普通の家庭であり、桐田は問題なく育っていた。

桐田は美しく、保育園の学芸会の主役、白雪姫に選ばれる。参観日にもほとんど来ることのなかった両親は、保育士達に説得され、仕事を休み学芸会に足を運ぶことになる。周囲の親達から、子供に対し愛情がないと言われたのを気にしてもいた。

しかし両親は、別に桐田を愛していないわけでなく、ただ忙しかっただけであり、いざ学芸会を観ると決まった時は、それなりに楽しみにしていた。両親は徒歩で会場に向かう途中、車に轢かれ死亡した。母親の方は数時間生きていたが、父親は即死だった。

田舎町で起きた、不幸な事故だった。短い橋の上の道路をある家族連れの車が走っていた時、地震があった。マグニチュード5・3、震度5弱でそこまで強い揺れでなかったが、老朽化していた橋が揺れ、ドライバーであるその家族の父親が慌てた。橋を早く過ぎようと、アクセルを焦ったまま踏んだ。前方車とぶつかる寸前に父親が左にハンドルを切ったのは、助手席の妻と、その妻側の後部座席にいた息子を庇うためだったが、そこの歩道に桐田の両親がいたのだった。桐田の両親は死んだが、橋は崩落はせず、車の家族は全治一週間〜一ヵ月の怪我で済むことになる。

桐田は不合理に自分を責めた。自分が主役に選ばれなければ、両親は轢かれず、死なずに済んだのだと。特別学芸会に来て欲しかったわけでなかったが、そういうものだと思い、両親に対し、過度に来て欲しい表情をしてしまったのではないかと。桐田が自分を責める必要は全くないが、幼い精神に、漠然とした罪悪感が残った。そして、奇妙な行動を起こすようになる。

両親を轢いた車は新商品であり、その頃、三パターンのCMが頻繁に流れていた。

そのCMを録画し、繰り返し見続けたのだった。CMでは幸福そうな家族が、自分の両親を轢いたものと同じ車で買い物や、レジャーに出かけて行く。見ている時の幼い桐田は、いつも目を見開くようにしていたという。CMの彼らの幸福。彼らの笑顔。彼らの喜び。

当然、その車に罪はない。しかも地震が原因だった。轢いた家族も罪に問われていない。しかし当たれば人が死ぬ物体が町中を動いていることが、大人なら車の重要性を理解できたかもしれないが、幼い桐田にはわからなかった。だがCMは、両親を轢いた危険なものを、肯定し続ける。向こうが善で、自分が悪のように感じていた。幼い桐田は混乱し、内面をどう処理すればいいかわからなくなる。幸福なCMを見ながら、また漠然と自分を責め始めた。狭く苦しい場所へ、桐田は入り込んでいた。

桐田は親戚の家族に引き取られ、そこからまた別の親戚の家族に引き取られた時、その義父が幼い桐田に狂った。だがその男は用心深かった。桐田に手を出す前に、桐田の性格をまず固定しようとした。

「きみがそんなに奇麗だから、お父さんもお母さんも死んだんだよ」

男は十一歳になっていた桐田の、その内面の核を刺激し続けた。

「きみがそんなに奇麗だから、私もこんな気分になる。妻や息子がいるのに、私がきみと一緒にいたがるのは、きみが悪いからなんだよ。さあ、手ぐらい握ってもいいだろう？　もしこの話を誰かにしたら、きみはこの家から放り出され誘拐犯に捕まるか、お腹が空いて死ぬことになる。私は無理はしないからね。きみの意志だ。私とお風呂に入るかね？」

大人の自我は、子供より強い。桐田は自分の腕を、わざと机にぶつけるようになる。自分の顔が奇麗だから、というより、自分の存在が、全てを招くのだと。自分を罰するように、自傷行為を始めた。だが仕事熱心だった小学校の担任の教師が、桐田の腕の痣《あざ》に気づく。家庭訪問をし、転んだと家族も桐田も言ったが無視し、反応の鈍い児童相談所の対応も待たず、半ば無理やり精神科医の元に連れていった。

そこでどのような治療がされたか、わからない。だが彼女は自傷をやめた。車のCMが流れるテレビをビデオごと壊し、いよいよ手を出そうとしてきた男の指に噛みつき、全治二ヵ月の傷を負わせた。

「世界の不条理に、少女がたった一人で対峙していた」

児童養護施設に保護された桐田を鑑定した精神科医は、そう記している。

その後、彼女がどのように生きていたかわからない。次の記録は、児童買春で逮捕された男の供述になる。そこに、彼女の姿が再び現れる。

男は、当時十七歳だった桐田を買春した容疑で逮捕され、不起訴になった。数学の教師で、桐田が所属していた演劇部の顧問も受け持っていた。桐田の身体に、SM行為と見られる痕があったが、男は最後までその行為は否定した。「他にも僕のような相手がいたみたいです。多分、僕と同じように教師で」男はそう供述しているが、その他の相手が誰かはわからない。

私はその逮捕された教師の男に会った。男は両親が経営する旅館で働いていた。

「桐田は僕に恋愛感情はなかった。ただ、自分で言うのも何ですが、僕は当時、学校内で女子生徒から人気がありました。……彼女が僕を選んだのは、ただ見た目が良かっただけです」

男はそう言った。煙草を見てくるので勧めたが、禁煙中と断られた。

「お金を渡していたのは、お小遣いをと思っただけです。彼女は進んで私と性行為をしていました。同僚の教師によって発覚した時、周囲が嫉妬で狂って警察沙汰にしただけですから。……不起訴でしたが、でももう教師は無理でした。ただ、変な話ですが、あまり後悔はないんです」

男は頻繁に弱々しい笑みを見せた。やつれていたが鼻筋が通り、確かに昔は美男だったかもしれない。

「彼女はいじめにも遭っていたし、辛いことも、多かったんだと思います。演劇部に所属していたのも、別の人間を演じてみたかったからではないかと。……一度、変なことを言っていました。嫌なことがあったら、ここをいじるのって。その……、自分の性器を、そう言っていました。性器は隠れてるから、周りに、秘密の場所だと。自分だけのものだと。……世界から受ける痛みを、自分で快楽に変えると言っていた。自慰でも性行為でも、それは嫌なことを消せるのだと。そしてＳＭは全ての意味を逆転させるのだと。……私はただの、道具だったのだと思います。というか、彼女にとっては、全ての男は道具だったんじゃないでしょうか」

桐田はしかし性産業の道に行くことはなく、演劇を辞めたあと東京に出てクラブのホステスになり、趣味でＳＭをしながら暮らすようになる。だが評判の良くない企業の会長に、魅入られた。

「彼女はその会長に無理やり襲われたそうです」

あくまでも聞いた話、と断った後、宮司の神沼が私にそう言った。

「彼女が大切にしていた性を、無理やり。……でも、そこで彼女はＹに会う」

桐田は再び襲われそうになった時、その会長を刺した。恐怖の中で、働いていたクラブの店長に連絡した時、店長が連れてきたのがYだった。Yは刺殺された男を興味深そうに眺め、もっと目が見開いているといいとか、関係ないことを言った。そして桐田に向き直り、「お前に別の物語をやる」と言った。

この刺し方では正当防衛は難しい。だが刑務所に行くのではない、別の物語をと。桐田は指紋などを消し、身分を変えた。桐田麻衣子と書かれた偽造の身分証を持つことになる。実際にどうというより、気分を変える意味合いが強かった。

Yは、男も女も、性で汚れることはないと桐田に言った。生物学的に言えば人間は素粒子でできていて、摂取と排泄を繰り返すことで、実は一年もすれば身体を構成する原子はすっかり入れ替わっていると。何かの行為を撮影されたとしても、それは電子化された信号を再生装置が再現しているだけで、原理的には精巧な絵に過ぎず、誰も実際にお前の行為を見ているわけではないと。たとえ嫌な男に無理やりされ、感じてしまったことがあったとしても、自分を責める必要は全くないと。よく女の身体が云々と言う奴がいるが、仮に男も、嫌な女に身体を縛られあらゆる刺激を受ければ、不本意に射精する。人間とは別にそういうものだと。

「だからレイプとセックスは全く別であり、混同しなくていい。そんな男は屑だから捨てておけ。お前は私の側にいればいい」

桐田はYの女になる。だがYの人格は、既に崩壊の途中だった。

私が桐田の人生について調べることができたのは、ここまでだった。

「あの桐田は」神沼は、最後に私にこう言った。

「六歳から、車に一度も乗ったことがないそうです。この社会で、信じられますか？　私は運転が好きです。あなたもベンツに乗ってるし好きでしょう？　でも彼女は、修学旅行もバスを使うから行かなかったらしい。……電車は使うので一貫性はないですが、……生き難いでしょう、そういうこだわりは。まるで彼女の中のどこかが、六歳児のままで止まっているみたいです」

桐田のマンションの前。私は煙草を携帯灰皿の中に捨てる。紫のスーツケースを引いた桐田が、壁にもたれる私の横を通り過ぎる。

「どこに行く」

振り返った桐田に、しかし驚く様子がない。やや無邪気そうに、笑みを見せている。私の存在に、気づいていたらしい。美しい。私は思う。これほど美しい、というより、自分の内面になぜか刺さる顔を、私はこれまで見たことがなかった。

「……Y、……山田の、銃の弾を抜いたのはお前だろ」

通行人が、私達の側を通り過ぎていく。それぞれの方角に。

「私に興味がないと思ったのに、しつこいですね。……変な刑事さん」

「答えろ」

桐田は、何も言わない。

「もう、山田に人を殺させたくなかったから、そうした。……お前のシンプルな考えがなければ、俺はもしかしたら死んでいたかもしれない。俺が山田に、辿り着くと思っていたのか」

桐田はしかし、微笑んだままだ。

「質問を変える」

私は深く息を吸った。

「なぜ吉川を殺した？」

桐田の眉が、微かに動く。私はもう一度呼吸を整える。

「吉川を殺したのは山田じゃない。お前だ。凶器の、白く塗装された鳥のブロンズの置物。指紋も血痕も雑に拭いてあったが、血の跡は拭き取っても消えない。特殊な薬品をかければ、ルミノール反応というものが出る。その血の流れ方が、そこまではっきり出たわけでなかったが、奇妙なんだよ。右手に五本の指のある人間でないと、ああいう跡にならないはず。五本の指先で、血の流れの方向が変わっている。そういう跡に見えた」

私は立ったまま、なぜか彼女の側に寄ることができない。

「吉川の死体には、縛られた痕がない。お前が殺害した時の吉川は、縛られた状態でなかったことになる。殺したいなら、拘束時にすれば容易だ。そうでないということは、正当防衛だったんじゃないか？　狂った吉川が、お前と心中しようとした。吉川は即死でなかった。倒れた死体にしては、膝が曲がり過ぎていた。頭を殴られ、あいつは一度正座したんだ。お前に感謝するために。それでもう一度置物で打つことを懇願し、打たれて倒れた。……つまり吉川は、お前に殺されたくて、わざとお前に襲いかかった。俺はそう見てる」

「鳥の像が」

桐田が言う。もう微笑んでいない。私の表情を、じっと見ていた。

「縄を解いた初めは、吉川さんはまだ大人しくて、優しかったんです。でも急に豹変した。……私の首に、手をかけようとしてきました。吉川さんから、逃げようとして、捕まった時、……ほら、と言ったんです。置いてあった鳥の像が、ほら、ほらって。……気がついたら、私は吉川さんの頭を打っていた。……後は、その通りです。吉川さんはふらつきながら正座して、もう一度、と言いました。懇願した声で。あの時、救急車を呼べばよかった。でも私は、吉川さんの懇願する表情に、吸い寄せられるみたいに、……もう一度、やってしまった。吉川さんが、まだどこかで生きていて、また私に懇願してくるんじゃないかと、怖くなることがある。……あの時、血が、すごくて、血が、たくさん出て、それは、人の命でした。それは、そうだったのに」

「可哀想になった、とでも？」

桐田が黙る。

「……一つだけ教えてくれ。なぜ富樫の殺害に協力した？　協力しただろう。なぜだ、あいつは」

「初め、誘惑しろと言われて、でも巻き込むのは嫌ですから、途中でやめたんです」

桐田が続ける。私の目を、なぜか真っ直ぐに見て。

「でも、私が吉川さんを殺してしまって、その後、富樫さんが私の部屋に来ました。その時、実は山田さんが部屋にいたんです。……彼が、何かの薬をキャンディーみたいに、飲んだ後だったからだと思います。少しハイになって、思った通りかもしれないと言って、自分の手帳に、何やら書き始めました。それで彼は、靴と一緒にベランダに隠れた。私は、山田さんが考えた通りのことを、富樫さんに伝えた。ちょっと間違えて、最後の方は、動揺して本当のことを言ってしまったけど、手帳を渡しました。……でも山田さんが、富樫さんを誘惑して、ビデオに撮れと言ったんです。じゃないと富樫さんを殺すって。山田さんは、私を手元に置きたいのか、壊したいのか、もうわからなくなっていた。私も、山田さんに見せつけるように、富樫さんとして。……だけど、山田さんは不安定で、やっぱり富樫さんを殺すと言いました。話が違うと思った。私が止めると、じゃあ自分が死ぬと言って、笑いながら、銃を自分のこめかみに当てた。……山田さんは、もう死にたがっていた。彼は、ああなったら、言ったことを必ず実行する。そういう人なんです。私は、富樫さんではなくて、彼を選ぶことになった。だから」

「だから?」

「殺される前に、せめて最後に、もう一度抱かせてあげることにしたんです。……富樫さんは、ずっと私を求め続けていたから。もちろん、そういう問題じゃないんですが」

富樫が、恐らく抱えていた問題。社会から外れていた母親を、肯定し幸福にしたかったという願望と、母親を抱いた男達と同化し、自分も抱いてしまいたかったという願望。桐田を逃がそうとする時、抱いている時、富樫は自分の存在を、二つの矛盾をそのまま解放したのだろうか。富樫の二つの靴が脳裏に浮かんだ。縄も使ったかもしれない。消えようとする者を、繋ぎ留める縄。

「……私も富樫さんが、嫌じゃなかったから。……それにあの人が最初に庇わなかったら、私は捕まっていた。……彼は優しかった。でも、山田さんが自殺するか富樫さんが死ぬかという選択で、私も急で混乱していて、私は」

「……なぜそんな簡単に自供する」

「あなたが、聞きたがってるから」

富樫は破滅した。でも、それが彼の、精一杯だったんじゃないかと、私は思っていた。山田はどうか知らないが、吉川も桐田も、彼らなりに、精一杯だったのではないかと。善悪でなく、彼らの存在としてそう生きることが。何かの線が、それぞれの人生の断片が、絡み合った結果の出来事に、過ぎないのではないかと。

私も、そうなのではないだろうか。私はこれまで何人も人を殺したし、響子のことを忘れられないし、これからもまたあのバーに行き、メニューにないクロックムッシュを食べるだろう。憂鬱だろうし、何も解決しないし、この世界を嫌いなままだろう。でもそれが、精一杯なのだ。私はこれからもそのように生き、いつか何かで死ぬだろう。

桐田が私を見つめている。微かに風が舞う。また目が乾き、瞬きをした。

「……私の部屋に、あなたが来た時、あなたは私の誘惑に乗らなかった。あの時私としていたら、私はもう山田さんのことも全部、多分あなたに言っていたと思うんです。……そんな予感がした。でも振られた。……私は、これまで人を好きになったことがない。したいと思ったり、可哀想に思ったり、一緒にいたいと思ったことはありますけど、何ていうか、こういうのは、……勘違いでしょうか」

桐田の前髪の一部が、額にはりついている。誰かがふれてかき上げる前に、風がずらした。彼女に悟られないように、私は呼吸を意識する。

「……勘違いだ」

私が言うと、桐田は一瞬困惑した表情になり、やがて私を見て微笑んだ。

「……孤独な人」

彼女が会釈する仕草で首を動かし、笑みのまま歩き出す。ハイヒールではなく、スニーカーで。

社会にとって、恐らく彼女は有害だ。彼女の背を見ながら、私は思う。また誰かが彼女に関わり、何かが起きる可能性がある。でもそれを、私は止める気になれなかった。それぞれの人生が、またあのように歪に交差するかもしれない。味気ない現実の中で、時折激しく、何かが点滅する。なのに、私は彼女を止めることができない。

彼女が遠ざかっていく。私はまだ、桐田のことを知っているとは言えない。

――いいの？　行っちゃうよ？

響子の声か？　私は苦笑する。疲れているからか。もうずっと満足に寝ていない。

「いいんだ。捕まえる気になれない」

――そうじゃなくて。

「……最後の女はきみでいい」

桐田が、道路に映った電信柱の、影を越える。何人もの人間が消えたが、彼女が向かうのは現実だった。向こうの道に出れば、人通りが多く紛れてしまう。だが私は立ったまま、彼女の背中を見続ける。彼女が遠ざかっていく。私は煙草に火をつける。

――……本当にいいの？

また瞬きをする。一度、二度。彼女が消える。その先の道に。

本書は二〇一八年十月、小社より刊行されたものです。

初出は「小説トリッパー」二〇一五年夏季号、冬季号、二〇一六年夏季号、冬季号、二〇一七年夏季号～二〇一八年秋季号です。

〈主な参考文献、参考ＤＶＤ〉

・『新版 古事記 現代語訳付き』中村啓信＝訳注／角川ソフィア文庫
・『日本書紀 全現代語訳（上）（下）』宇治谷孟／講談社学術文庫
・『国家神道と日本人』島薗進／岩波新書
・『アマテラスの誕生―古代王権の源流を探る』溝口睦子／岩波新書
・『日本神話の源流』吉田敦彦／講談社学術文庫
・『大麻と古代日本の神々』山口博／宝島社新書
・『サピエンス全史 文明の構造と人類の幸福（上）（下）』
ユヴァル・ノア・ハラリ、柴田裕之＝訳／河出書房新社
・『緊縛の文化史』マスター〝Ｋ〟、山本規雄＝訳／すいれん舎
・『縛師 Ｂａｋｕｓｈｉ』ＤＶＤ廣木隆一＝監督／ジェネオン エンタテインメント
・『雪村春樹の縛り方講座～情愛縛りで楽しむ～』ＤＶＤ／ヴァンアソシエイツ
・『縄遊戯 雪村流縛り方講座 永久保存版』ＤＶＤ／ヴァンアソシエイツ
・『生物と無生物のあいだ』福岡伸一／講談社現代新書

文庫解説にかえて
――『その先の道に消える』について

この小説は、僕の十九冊目の本が、文庫本になったものになる。

純文学で、変則的なミステリーの要素もあり、かつハードボイルドの空気感もある。でも表現したかったのは、単行本のあとがきにも書いたことだけど、「薄い霧の中で、ぼんやりとした光が、つまりそれぞれの人生の断片が、重なり合うような物語」だった。様々なジャンルの手法を取り入れなければ、この小説は実現しなかった。

久し振りに読み返して、何と言うか、自分の中のとてもデリケートな箇所に、強く触れている小説になっていた。全作がそうではあるのだけど、特にそう感じることになった。僕の長いキャリアの中でも、やはり大切な小説になった。

緊縛やSMについて、僕の質問に答えてくれて、インスピレーションまで与えてくれたRさんに感謝したい。彼女がいなければ、この作品をこのような形で書くことはできなかった。表紙は、世界的なロープ・アーティストで、緊縛師のHajime Kinokoさんの、この本のためのオリジナルになっている。単行本の方の表紙には、この写真の全容が写っています。

テクニカルなことで言えば、変則的なミステリーと書いたけど、通常なら、前半は葉山による推理で物語が進むはずのところを、富樫を語り手にすることで、物語の背後で――逆に言えば、富樫が物語から疎外される形で――推理が進んでいたようにした。この疎外の感覚は、富樫そのものをより強く現すためにも必要なことだった。描写だけではなく、構図でも人物を現すというような。

加えて、人物には色も意識した。麻衣子は性的な色とされる紫のスウェットを身につけているが、曖昧な色とされるベージュのカーディガンを最初は上に羽織り、自分を覆っていたりする。女性に差などないけれど、Yの中では優先順位があって、飛鳥時代の冠位十二階の紫―青、ともなっている。

こういうのは蛇足だけど、単行本の刊行から約三年が経っているので、今になって作者が執筆の内部を一部だけ見せるというか、気軽な言及と捉えてくだされば幸いです。本当は文芸評論家の仕事だけど、そのように言及してくれるものがなかったので。もちろん、他にも色々とあります。

読者さんの中には気づいた人もいるかもしれないけど、僕の他の小説と、ほんの少しだけリンクしているところがある。その登場人物の小橋さんと、葉山が組んだらどうなるだろう、と想像もするけど、ちょっとまだわからない。

来年(二〇二二年)で、作家として二十年目になる。読者の皆さんに支えられてここまで来ている。本当にありがとうございます。生きることは時に悲しいですが、これからも、共に生きてくださると嬉しいです。

また次作で。

二〇二一年　七月六日　中村文則

(作者・註　緊縛の発祥については、捕縄術や人を縛る行為などは、当然江戸時代より前からありますが、緊縛というものの原型が見えてきた時という意味で、様々な資料通り、江戸時代としています。なお、P238の記述について、よく知られている通り、神道には祓という概念はあります。)

その先《さき》の道《みち》に消《き》える

朝日文庫

2021年8月30日　第1刷発行

著　者　中村文則《なかむらふみのり》

発行者　三宮博信

発行所　朝日新聞出版

〒104-8011　東京都中央区築地5-3-2

電話　03-5541-8832(編集)

03-5540-7793(販売)

印刷製本　大日本印刷株式会社

Published in Japan by Asahi Shimbun Publications Inc.

定価はカバーに表示してあります

ISBN978-4-02-265002-3

落丁・乱丁の場合は弊社業務部(電話 03-5540-7800)へご連絡ください。

送料弊社負担にてお取り替えいたします。